ノーゲーム
NO GAME NO LIFE
ノーライフ 1
著／イラスト：榎宮祐
ゲーマー兄妹がファンタジー世界を征服するそうです
JN283714
I ♥ 人類

「……うう……にい、嫌い」

「——ソラ……何故私《わたくし》は、
裸にされてシロの髪を洗わされてるんですの」

「私《わたくし》は――このエルキアを、
救いたかった……」

「誰にも渡さない。
人類種《わたしたち》の国は、
人類種《わたしたち》のものよ」

人類
JOKER

「さぁ——ゲームをはじめよう」

CONTENTS 01

ノーゲーム・ノーライフ1
ゲーマー兄妹がファンタジー世界を征服するそうです

榎宮祐

MF文庫J

口絵・本文イラスト●榎宮祐
編集●庄司智

プロローグ

世に囁《ささや》かれる星の数にも届くそれらは、一種の『願望』である。

──『都市伝説』。


──例えばそれは、『人類は月に行っていない』という都市伝説。

──例えばそれは、ドル紙幣に隠されたフリーメーソンの陰謀。

──例えばそれは、フィラデルフィア計画による時間移動実験。

千代田線核シェルター説、エリア51、ロズウェル事件に、エトセトラ──


枚挙《まいきよ》にいとまがないこれらの都市伝説を眺めれば、明確な法則性が見えてくる。

即《すなわ》ち……『そうだったら面白いのに』という『願望』によって構成される。

火のないところに煙は立たぬという。

だが尾ひれがつくと、しまいには魚より肥大化して伝聞する『噂《うわさ》』の性質を考えればこれら都市伝説の形成される過程も見えてくるというものだ。

つまるところ、根はあっても葉はない。

身も蓋《ふた》もなく言えば、デタラメが大半を占めるということだ。

だが別段それは、責めるにも不思議に思うにも能《あた》わない。
人は古来より、『偶然』より『必然』を好んできたもので。
そも、人類誕生が天文学的確率の偶然の産物だという、事実より。
誰かが人類を計画的に創ったと、本能的、経験則的に思いたがるように。
世界は混沌《こんとん》ではなく、秩序によって構成されていて。
後ろで糸を引く誰かを想像することで、不条理かつ、理不尽な世界に、意味を見出《みいだ》す。
……少なくとも、せめてそうあって欲しいと願う。
故に都市伝説もまた、概《おおむ》ねそんな切実な『願望』から生まれるといえる。

——さて。
そんな天上を照らすほどの、数多《あまた》の『都市伝説』の中に。
『事実だが都市伝説とされている』ものが含まれているのは、あまり知られていない。
——誤解なきよう、前記した都市伝説達が真実であると言うつもりはない。
発生した原理が異なる都市伝説が存在する、ということだ。

——例えばそれは、あまりに非現実的過ぎる『噂《うわさ》』が、『都市伝説』化した事例だ。
そんな『噂』がここに一つ。

インターネット上で、まことしやかに囁《ささや》かれる『　　』《くうはく》というゲーマーの噂だ。
曰《いわ》く——二八〇〇を超えるゲームのオンラインランキングで、不倒の記録を打ちたて。
世界ランクの頂点を総ナメにしているプレイヤー名が〝空欄〟のゲーマーがいる、と。
「そんなはずはない」とお思いだろうか。
まさしくそう、誰もが思った。
そうして至った仮説は、単純だった。

当のゲーム開発スタッフが、身元が割れないようランキングに『空白入力』したのがいつしかブームになり、様式美となったもので、実在はしていないプレイヤーであると——。

だが奇妙なことに、対戦したことがあるという者は跡を絶たない。
曰く……無敵。
曰く……グランドマスターすら破ったチェスプログラムを完封した。
曰く……常軌を逸したプレイスタイルであり手を読むことが出来ない。
曰く……ツールアシスト、チートコードを使っても負かされた。
曰く……曰く……曰く——。

そんな『噂』に少しでも興味を持った者は、更に探りを入れる。

なに……話は簡単だからだ。

コンシューマーゲームやパソコンゲーム、ソーシャルゲームのネットランキングで1位を取っているのなら、そのゲーマーのアカウントは当然存在しているはずなのだ。

存在しているなら、実績を閲覧することも当然出来るはずだ。

だがそんな者がいるはずもなく——。


——と、鼻で笑って調べれば——それが罠《わな》である。

何故《なぜ》なら『　』《くうはく》名義のユーザーは間違いなくどのゲーム機、どのＳＮＳにも確かにアカウントとして存在しており、また誰《だれ》でもその実績を閲覧出来るそこに並ぶのは。

文字通り『無数』と表現されるべき数の実績《トロフィー》と。

ただひとつの黒星もない対戦成績であるからだ。

——そうして謎《なぞ》は更に深まり。

事実があるにもかかわらず『噂』は逆に非現実味を帯びていく。

『敗北実績を消しているハッカーである』

『ハイレベルプレイヤーが誘われるゲーマーグループがある』——などなどと。

こうして新たな『都市伝説』が生まれていくわけだ。

——だがこの場合『　』《くうはく》という、噂《うわさ》を生み出した本人にも責任があるだろう。

何故なら彼はアカウントを有し、発言の場を与えられているにもかかわらず。

一言も発さず交流を持つこともなく。

一切情報の発信も行わない為《ため》、辛《かろ》うじて日本人だということ以外全《すべ》てが謎なのだ。

素顔を知る者がいない——それが都市伝説化を加速させる要因でもある。

——なので。

——紹介しよう。


コレが、紛れも無く。

二八〇を超えるゲームで世界ランキングの頂点を飾り続け。

破られることのない記録を今なお打ち立て続ける伝説のゲーマー。

『　』《くうはく》——その素顔である————っ！

■■■

「…………あー……死ぬ死ぬ……あ、死んだ……ちょっとぉ……早くリザってぇ～」

「……ズルズル……足でマウス…二つ、は、無理あった……」

「いいから早く、リザリザぁ——つかズルイぞ妹よっ！　こっちはもう三日何も食べてないのになに一人優雅にカップ麺《めん》なんか食ってんの、しかも戦闘中に！」

「……にぃも、食べる……？　カロリーメイトとか…」

「カロリーメイトなんてブルジョアの飯、誰《だれ》が食うか。つか、はやくリザれって！」

「……ズズッ……ん、はい」

シュヴァァァ……キュリンっ！

「お。あいよーさんきゅ～……つか、今何時？」

「……えと……まだ、夜中の八時……」

「朝八時を夜中とは、斬新《ざんしん》な表現だな妹よ、で、何日の？」

「……さぁ……一、二──四つめの、カップ麺《めん》……だから、四日、目？」

「いやいや妹よ、徹夜した日数じゃなくてだな。何月の何日よ」

「……ニートの……にぃに、関係…ある、の？」

「あるだろっ！　ネトゲのイベントの開催日とかランク大会とかっ！」

──と、ネットゲームに興じる一組の男女。

部屋の中で視線も合わさず会話する二人。

部屋は──十六畳ほどの部屋だろうか。中々に広い。

だが無数のゲーム機と、一人四台──計八台のパソコンが接続された配線は、近代芸術を思わせる複雑さで床を這《は》い、開封されたゲームパッケージと、『兵糧』と彼らが呼ぶカップ麺やペットボトルが散乱したそこに、本来の広さを感じさせる余地は見受けられない。

ゲーマーらしく反応速度を優先させたＬＥＤディスプレイが放つ淡い光と。

とっくに昇った太陽が遮光カーテンから落とす光だけがぼんやり照らす部屋で。

二人は言う。


「……にぃ、就職……しないの？」

「──おまえこそ今日も学校、いかねぇの？」

「……」

「……」

以後、二人の間に会話が交わされることはない。


兄──空《そら》。十八歳・無職・童貞《どうてい》・非モテ・コミュニケーション障害・ゲーム廃人。

典型的引きこもりを思わせるジーパンTシャツ、そしてボサボサの黒い髪の青年。

妹──白《しろ》。十一歳・不登校・友達無し・いじめられっ子・対人恐怖症・ゲーム廃人。

血の繋《つな》がりを疑うように兄とは対照的に真っ白い、だが手入れされていない様子の長い髪が顔を隠し、転校したその日以来、家の外で着たことはない小学校のセーラー服の少女。

それが『　』《くうはく》──即《すなわ》ち『空と白』というゲーマーの正体である。


──と。

かくこのように、知らないままにしておくのも。

夢があっていい都市伝説もまた、存在するのである。

■■■

――さて、ここまで『都市伝説』が形成される過程を解説してきたわけだが。
つまるところ、それは人々の『願望』であるとは、前記した通りだ。
この世界は混沌《こんとん》であり。
必然などなく。
偶然にだけ満ちていて。
理不尽で。
不条理で。
意味などありはしない。
それに気づいた者、認めたくない者が、少しでも世界を面白いものであればと。
切実な願いから生まれるのが即ち――『都市伝説』なのだ。
――では、ここで一つ。
そんなつまらない現実を少しだけ、面白くする手伝いをしよう。
即ち――『新しい都市伝説』を提供するとしよう。

――その行為に差し当たり、定型文として。また様式美として。

――こんな書き出しで、はじめてみようと思う。

――『こんな噂《うわさ》をきいたことがあるだろうか――』と。


あまりにゲームが上手すぎる者の元には、ある日、メールが届くという。

メールの本文には、謎《なぞ》めいた言葉と、あるゲームへの『URL《招待状》』だけがある。

そのゲームをクリアすると――

■■■

「……も、むり……ちょっと、ねる」

「ちょ、待て！　今お前にオチられたら回復担当が――」

「……にぃなら、出来る」

「理論上はそうですね！　今、両手で操作してる二キャラに、お前が操作放棄した二キャラを二足で操作すればね！」

「…………ふぁい、と」

「待ってっ　いや待って下さい白《しろ》さん！　あなたが寝ちゃうとみんな――つか主に俺《おれ》一人

が死んじゃう！――――うおぉぉぉぉぉおやったろーじゃねぇかぁ！」

　妹が積み上げたカップ麺《めん》の空容器が五つを数えた頃《ころ》。

　即《すなわ》ち五日目の徹夜の、そんな兄妹のやり取りが部屋に響く。

　そんな兄の悲痛な、だが覚悟の叫びを他所《よそ》に、ゲーム機を枕《まくら》に寝ようとする妹の耳に。

　――テロンッ、と。

　パソコンから新着メールを告げる音が届く。

「……にぃ、メール」

「四画面四キャラ操作してる兄ちゃんに何を要求してるか知らんが、そんな余裕ねぇっ」

　両手両足で、器用に四つのマウスを操作し。

　一人四人パーティーを操り獅子奮迅《ししふんじん》の活躍を見せる兄は余裕なさげにそう答える。

「つかどうせ広告メールだろほっとけ！」

「……友達……から、かも？」

「――誰《だれ》の？」

「……にぃ、の」

「はは、おかしいな、愛《いと》しい妹に胸を抉《えぐ》られる皮肉を放たれた気がする」

「……しろの……って、言わない、理由……察して…欲しい」

「じゃあやっぱ広告メールだろーが。つかお前、寝るなら寝ろよっ！　寝ないなら手伝ええええっ！　あ、あぁっ　死ぬ、死ぬっ！」

兄——空《そら》。

繰り返すが——十八歳・無職・童貞《どうてい》・非モテ・コミュ障・ゲーム廃人。

自慢ではないが、彼女はおろか、友達すらいない己《おのれ》に届くメール候補に「友人」などというカテゴリーはあろうはずもなく、その説は却下される。

もっとも、それは妹——白《しろ》も同じらしかったが。

「……うぅ……めんど、くさい」

だが白は、眠気に手放しそうになる意識を振り絞って、起き上がる。

ただの広告メールなら問題ない。

だが『新しいゲームの広告メール』なら、無視する訳にはいかないからだ。

「……にぃ、タブPC……どこ」

「三時方向左から二番目の山の上から四個目のエロゲの下ッ　ぐおぉ足攣《つ》りそぉッ！」

苦悶《くもん》にあえぐ兄を無視して、言われた通りの場所を漁《あさ》る白——発見。

ヒキコモリとニートが、タブレットPCを何に使うのか、疑問に思われるだろうか？

しかしそれは愚問と言わざるを得ない。

もちろん——ゲーム用だ。

だが、この兄妹に限って言えば別の使い方もしている。

無数のゲームのため、無数のアカウント、メールアドレスを持っている二人だが、基本的にゲーム専用機となっているパソコンにかかわってこの端末で、30以上あるメールアカウントを同期し、メールを閲覧している。

効率主義と呼ぼうか。

はたまたアホと呼ぶべきか。

「……音はテロン……3番メインアドレスの着信音……これ、かな？」

異様な記憶力を発揮してメールをあっさり発掘する白。

と——どうやら本当に一人で四キャラ、リアルタイム戦闘で操って、討伐に成功したら
しき兄の勝利の咆哮《ほうこう》を背に、メールをチェックする。

——【新着一件——件名：『　』達へ】

「………？」

こく、と小首を傾《かし》げる妹。

『　』《くうはく》——即《すなわ》ち「空と白《ふたり》」に届くメールはさして珍しくはない。

対戦依頼、取材依頼、挑発的な挑戦状——いくらでもあるのだが、これは。

「……にぃ」

「なにかな？　寝るといって兄ちゃん一人にゲームを放《ほう》り出して、結局寝てない上に兄ち
ゃん一人に物理的な縛りプレイさせた、愛《いと》しい鬼畜《きちく》妹よ」

「……これ……」

兄の皮肉など聞こえていないかのように、画面に映るメールを兄に見せる。

「うん？——なんだこれ」

兄もそのメールの特殊性に気づいたのか。

「セーブよーし、ドロップ確認よーし」

間違いなく、確実にセーブされたのを確認して、五日ぶりに画面を閉じ。

パソコンからメーラーにアクセスする。そして訝《いぶか》しげに。


「……何で『　《くうはく》』が兄妹だって知ってんだ」


――確かに、ネット上で空白複数人説があるのは兄も知るところだった。

だが、問題は件名ではなく、本文にあった。

本文には、一言だけ、こう書かれ、ＵＲＬがはられていた。

【君ら兄妹は、生まれる世界を間違えたと感じたことはないかい？】

「……なんだこれ」

「…………」

少し、いや、かなり不気味な文面。

そして見たことのないＵＲＬ。

ＵＲＬの末尾に、「．ＪＰ」などの国を表す文字列はない。

特定のページスクリプトへの——つまりゲームへの直通アドレスで見かけるURL。

「……どう、する?」

あまり興味はなさそうに、妹が問う。

だが、二人の正体を知っているそぶりの文面には、妹も思うところはあるようで。

そうでなければ、無言でゲーム機を枕《まくら》に寝に戻っただろう。

兄に判断を委《ゆだ》ねる——それは、兄の領分だと判断したため、即《すなわ》ち——

「駆け引きのつもりか?　まあ、ブラフだとしてもノッてみるのも一興か」

そう判断し、URLをクリックする。

ウィルスの類なども警戒し、セキュリティソフトを走らせながらURLを踏んでみた。

が……現れたのは、なんとも簡素な。

至ってシンプルな、オンラインチェスの盤面だった。

「……ふぁふ……おやす、み……」

「ちょちょ、待てって。『　』《くうはく》あての挑戦状だぞ。相手が高度なチェスプログラムとかだったら俺《おれ》一人じゃ手に負えないって」

一気に興味が失《う》せたらしく、眠りに戻ろうとする妹を引き止める兄。

「……いまさら……チェスとか……」

「うん……いや、気持ちはわかるけどさ」

世界最高のチェス打ち——グランドマスターを完封したプログラム。

そのプログラムに妹は、二十連勝して興味が失《う》せて久しい。

ヤル気がわかないのもわかる。が。

「『　』《くうはく》に負けは認められない。せめて相手の実力がわかるまで、起きててくれ」

「……ううぅ……わかった」


そうして、チェスを打ち始める空《そら》。

一手、二手と積み重ねて行く兄の対戦を、興味なさそうに。

いや、眠そうに。船を漕《こ》ぐように、かくん、かくんと眺めている白《しろ》。

が──五手、十手と重ねたところで。

五分の四閉じられていた白の目は開かれ、画面を凝視していた。

「……え？　あれ、こいつ」

と、空が違和感を覚えると同時、白が立ち上がり、言う。

「……にぃ、交代……」


一切の反論なく、素直に椅子《いす》を明け渡す兄。

それは、妹が兄の手に負えないと判断したということ。

つまり、世界最高のチェスプレイヤーが相手するに足ると判断したということ。

入れ替わった妹が、手番を重ねて行く。

——チェスは『二人零和有限確定完全情報《ふたりれいわゆうげんかくていかんぜんじょうほう》ゲーム』である。
『運』という、偶然が差し挟む余地のないこのゲームにおいて。
理論上、必勝法は明確に存在するが、それはあくまで理論の話。
十の百十一乗という膨大な局面を把握出来た場合の話である。
つまりは、事実上ないに等しい。
——が、それを「ある」と断言するのが白。
つまり、十の百十一乗の盤面を読めばいいだけの話と断言し。
事実世界最高のチェスプログラム相手に二十連勝した。
チェスは最善手を打ち続ければ先手が勝ち、後手は引き分けることしか出来ない。
理論上、そうなっている。
そのチェスにおいて、一秒で二億局面を見通すプログラム相手に。
先手後手入れ替えで二十連勝し、プログラムの不完全性を証明した、その妹が。
「……うそ」
と驚愕《きょうがく》に目を開く。
——だが、一方で兄はその打ち方に違和感を覚えていた。
「落ち着け、これ、相手は人間だ」
「——え？」

「プログラムは、常に最善手を打つ。集中力も切らさないが、既存の戦術通りの動きしかしない。だからこそ、お前は勝てる。が——こいつは」

画面を指さして兄。

「あえて悪手をとって誘ってる。それを相手プログラムのミスと判断したお前のミスだ」

「…………うぅ」

兄の言葉に、しかし妹は反論しない。

——確かにチェスの技量において、いや、ほとんどのゲームにおいて。

白《いもうと》は空《あに》を圧倒的に上回る技量を持つ。まさしく——天才ゲーマー。

だがこと駆け引き、読み合い、揺さぶりあいなど「相手の感情」という不確定要素を見抜くことにかけては——兄は常人離れして上手《うま》かった。

故にこそ『空白』——二人だからこその——無敗。

「いいから落ち着け、相手がプログラムじゃないんなら、なおのことお前が負ける要素はない。相手の挑発に乗るな。相手のひっかけや戦術は俺《おれ》が指摘するから、冷静になれ」

「……りょーかい……がんば、る」

コレが。

数多《あまた》のゲームで世界ランキングのトップを独走するゲーマーのからくりだった。

――――……。


持ち時間制ではないその勝負は、六時間以上に及んだ。

徹夜五日目ということを、脳から溢《あふ》れ出るアドレナリンやドーパミンが忘れさせ、疲労をも吹き飛ばし、二人の集中力を極限まで引き上げていく。

六時間――だが実際には数日にも感じられたその対局に。

そして、決着の瞬間が訪れる。

スピーカーから響く、無感動な音。


『チェックメイト』


兄妹の――勝ちだった。

「「――――」」

長い沈黙の後。

「「はぁあああぁぁああ～～～～～～～…………」」

大きく息を吐く二人。それは呼吸さえ忘れるほどの勝負だったことを語る。

長い長い息を吐いたあと、二人は笑い出す。

「……すごい……こんな苦戦……ひさし、ぶり」

「はは、俺《おれ》はおまえが苦戦するのを見るのすら、初めてだぞ？」

「……すごい……にぃ、相手……ほんとに、人間？」

「ああ、間違いない。誘いにノらなかった時の長考、仕掛けた罠《わな》の不発の時に僅《わず》かに動揺が見えた。間違いなく人間か——そうじゃなきゃおまえ以上の天才《バケモン》ってことだ」

「……どんな、人だろ」

グランドマスターを完封したプログラムを、完封した妹が、対戦相手に興味を抱く。

「いや、案外、グランドマスターかもよ？　プログラムは正確だが人間は複雑だ」

「……そ、か……じゃあ……今度、将棋《しょうぎ》でも……竜王《りゅうおう》と、対戦、したい……」

「竜王がネット将棋にノッてくれるかなぁ。まあ、考えてみようか！」

と、勝負後のエンドルフィンがもたらす幸福感に、にやけた顔で語る二人に、再び。

——テロンッ♪

というメールの着信音が響く。

「今の対戦相手じゃねぇの？　ほら、開けてみろよ」

「……うん、うん」

と——しかし届いたメールには。

ただ一言、こう書かれていた。

【おみごと。それほどまでの腕前、さぞ世界が生きにくくないかい？】

そのたった一文で。
二人の心境は——氷点下まで下がった。
LEDディスプレイに向き合い、激闘を繰り広げた二人の、その背後。
無機質な光。パソコン、ゲーム機器が奏でるファンの音。
無数の配線が床をのたうち、散らばったゴミと、脱ぎ散らした服。
陽を遮断し切るカーテンが、時が止まったように、時間感覚を奪う空間。
世界から隔離された——十六畳の、狭い部屋。
そこが兄妹《ふたり》の世界——その、全《すべ》て。

——苦々しい記憶が二人の脳裏を奔《はし》る。
生まれつき出来が悪く、その為《ため》、人の言葉、真意を読むことに長《た》けすぎた兄。
生まれつき高すぎる知能と、真っ白い髪と赤い瞳《ひとみ》故に理解者のいなかった妹。
——両親にさえ見放されたまま他界され、ついには心を閉ざした兄妹。
お世辞にも楽しい記憶とは呼べない過去——いや、現在に。
黙って俯《うつむ》いた妹。
その妹を俯かせた相手に怒りを叩《たた》きつけるようにキーボードを打つ兄。
『大きなお世話様どうも。なにもんだ、テメェ』

ほぼ即座に返信がくる。
――いや、果たしてそれは返信だったのか。
答えになっていない文面が届いた。
【君達は、その世界をどう思う？　楽しいかい？　生きやすいかい？】
その文面に、怒りも忘れて妹と顔を見合わせる。
改めて確認するまでもない。答えは決まっていた。
――「クソゲー」だと。

……ルールも目的も不明瞭《ふめいりょう》な、くだらないゲーム。
七十億ものプレイヤーが、好き勝手に手番を動かし。
勝ちすぎるとペナルティを受け。
――頭が良すぎる故に、理解されず孤立していじめられる妹。
負けすぎてもペナルティを受ける。
――赤点が続いて、教師に、親に怒鳴られても笑顔を保つ兄。
パスする権利はなく。
――黙っていればなおも加速していったいじめ。
喋《しゃべ》りすぎたら、踏み込みすぎと疎まれる。
――真意を読みすぎて、的を射すぎて疎まれる。

目的もわからず、パラメーターもなく、ジャンルすら不明。
決められたルールに従っても罰せられ——なにより。
ルールを無視した奴が我が物顔で上に立つ——。
こんな人生《クソゲー》に比べたら、どんなゲームだって——簡単すぎる。

「ちっ——胸くそ悪い」
舌打ちし、なおも俯《うつむ》いたままの、幼い妹の頭を撫《な》でる空《そら》。
——そこには、先ほどまで神の如《ごと》き勝負を演じてみせた二人はいない。
落ち込んだ——落ちぶれた——社会的に見ればあまりに弱々しい。
寄る辺のない、世界に爪弾《つまはじ》きにされた兄妹《ふたり》がいるだけだった。
イラついたことで、一気に襲ってきた疲労。
久しぶりにパソコンの電源を切ろうとスタート画面にカーソルを向けた兄の耳に。
テロンッ♪——と、再度メールが届く。
構わずシャットダウンしようとする兄の手を。
——しかし妹が止める。

【もし〝単純なゲームで全てが決まる世界〟があったら——】

その文面に、訝《いぶか》しげに、しかし想像し、憧《あこが》れを隠すことの出来ない二人。

【目的も、ルールも明確な盤上の世界があったら、どう思うかな？】

再び二人は顔を見合わせて、自嘲《じちょう》気味に笑い、肯《うなず》いた。

兄はキーボードに手を置き。

なるほど、そういうことか、と。

『ああ、そんな世界があるなら、俺達は生まれる世界を間違えたわけだ』

――と、最初に届いたメールの文面になぞらえて。

返信する。

――刹那《せつな》。

パソコンの画面に微《かす》かなノイズが走り。

同時、ブレーカーが落ちたように、バツンッと音を立てて部屋の全《すべ》てが止まる。

唯一――メールが表示されていた、その画面を除いて。

そして――

「な、なんだっ!?」

「……っ？」
部屋全体に、ノイズが走り始める。
家が軋《きし》むような音、放電するような弾ける音。
慌てて周囲を見渡す兄と、何が起こっているかわからずただ呆《ほう》ける妹。
そんな二人を他所《よそ》に、ノイズはなおも激しくなり――
ついにはテレビの砂嵐《すなあらし》のように。
そしてスピーカーから――いや。
間違いなく画面から・・・。
今度は文章ではない――『音声』が返ってきた。
『僕もそう思う。君達はまさしく、生まれる世界を間違えた』
もはや画面以外の、部屋の全てが砂嵐に呑《の》まれる中。
唐突に、白い腕が生える。
「なっ⁉」
「……ひっ――」
画面から伸びた腕は、兄妹の腕を掴《つか》み。
抗《あらが》う余地もない程の力でもって、二人を引きずりこむ。
画面の中へ――。

『ならば僕が生まれ直させてあげよう——君達が生まれるべきだった世界にっ』

——……。

そして——。

白く染まる視界。
それが、目を開いたから——即《すなわ》ち陽の光だと認識出来たのは。
久しく感じていなかった、網膜を焼かれる感覚故。
そしてようやく光に慣れつつある瞳《ひとみ》に飛び込んだ景色から、兄は理解した。
そこは——上空だった。
「うぉおおあああっ⁉」
狭い部屋から一気に広がった広大な空間。
——だが兄を叫ばせたのは、視界に広がった景色の異常さ故だった。
空《そら》の脳が、状況を把握しようと、脳回路を焼き切らんばかりに加速し、叫ばせる。
「なん————なんだこれぇえええっ！」
——どう見ても、何度見返しても。
空に、島が浮かんでいた。
目を、頭を何度疑っても、視界の果てで空を飛んでいるのは、ドラゴンで。

地平線の向こう、山々の奥に見える巨大なチェスのコマは、遠近感を失わせるほど巨大。

何処《どこ》かのゲームに登場しそうな、ファンタジーの中の景色。

どう考えても自分が知る『地球』のそれではない景色。

だが、それよりもなによりも。

眼下に広がる雲から、浮遊感の正体が、落下している事実だと気づき。

自分達が今まさに、パラシュートなしのスカイダイビング中であること。

この全《すべ》てに気づき、絶叫が——

「あ、死ぬ」

という確信に変わるまで、兄が要したのは、実に三秒だった。

だがそんな悲愴な確信を打ち破るように。

高らかに叫ぶ声は、隣から聞こえた。


「ようこそ、僕の世界へッ！」


壮大で、異常な景色を背後に、落下しながら『少年』は腕を開いて笑う。

「ここが君達が夢見る理想郷【盤上の世界・ディスボード】ッ！　この世のすべてが単純なゲームで決まる世界ッ！　そう——人の命も、国境線さえもッ！」

空《そら》に遅れること十秒ほどだろうか。

ようやく状況を把握したのか、目を見開いて、泣きそうな顔で兄に抱きつく白《しろ》。

「……あ、あ、あなた――誰《だれ》――っ」

精一杯の、しかし囁《ささや》くような抗議の叫びをあげる白。

だが相変わらず楽しそうに笑って、少年が言う。

「僕？　僕はね～、あそこに住んでる」

言って、遠く――空も見た、地平線の彼方《かなた》の巨大なチェスのコマを指差す少年。

「そうだね、君達の世界風に言うなら――　〝神様〟　――かな？」

頬《ほお》に人差し指を当てて、可愛《かわい》げに、愛嬌《あいきよう》を込めて言う、自称神。

――だがそんなのは知ったことではなかった。

「それよりオイ、コレどうすんだよッ！　地面が迫って――うぉおおお、白ぉッ！」

「……～～～～～～～～～～～～～～っ」

白の手を抱き込むように、意味が有るかはわからないが、自分を下にする空。

そして声にならない声で、空の胸の中で絶叫をあげる白。

そんな二人に、神を名乗る少年は、楽しげに告げる。

「また会えることを期待してるよ。きっと、そう遠くないうちに、ね」

――そうして、二人の意識は暗転した。

――――……

「う……うーん……」

土の感触。草の香り――気がつくと、空は、地面に倒れていた。

うめきながら起き上がる空。

「――な、なんだったんだありゃ……？」

――夢か？

そう思うが、空は口にはしないでおいた。

「……うぅ……変な夢」

と、空に遅れて目を覚ました妹が、うめく。

――わざわざ口にしなかったのに妹よ。

嗚呼《ああ》、妹よ。

〝夢じゃなかったフラグ〟なんてたてないでおくれ。

そう思いながら立ち上がるが、どう気づかぬふりをしても足場は土。

見慣れない高い空、そして――

「うをあああ！」

自分ががけっぷちに立っていることに気づいて、慌てて後ずさる空《そら》。

――崖《がけ》から一望出来る景色を見渡す。


そこには、ありえない景色が広がっていた。

……いや、違う。言い直そう。

空に島。龍《りゅう》。そして地平線の山々の向こうに、巨大なチェスのコマ。

つまり、落ちてくるとき見えた、変な世界の景色。

つまり、夢オチは――なかった。

「なあ、妹よ」

「……ん」

それを、光のない目で眺めながら、兄妹は言う。

「〝人生〟なんて、無理ゲーだ、マゾゲーだと、何度となく思ったが」

「……うん……」

二人、声をハモらせて言う。

「『ついに〝バ・グ・っ・た〟……もう、なにこれ、超クソゲぇ…』」

そうして――二人の意識は、再び暗転した。

■■■

――『こんな噂《うわさ》をきいたことがあるだろうか』――。

あまりにゲームが上手すぎる者のもとには、ある日、メールが届くという。
本文には――短い文と、ＵＲＬがはられているだけ。
そしてそのＵＲＬをクリックすると、あるゲームが始まる。
そのゲームをクリアすると――この世界から消えるという。
そして――

異世界へと誘われるという、そんな『都市伝説』。

……あなたは、信じますか？

第一章——素人《ビギナー》

——昔々の、更に大昔。
神霊種《オールドデウス》は、唯一神の覇権をかけ、その眷属・被造物達と共に争った。
それはそれは、気の遠くなるほどの永きにわたって、戦は続いた。
流血の染みない大地はなく、悲鳴の響かぬ空はなかった。
知性あるもの達は憎み合い、互いを滅ぼさんと凄惨な殺し合いを繰り返した。
森精種《エルフ》達は小さな集落を拠点に、魔法を駆り、敵を狩り。
龍精種《ドラゴニア》は本能のままに殺戮に身を委《ゆだ》ね、獣人種《ワービースト》たちは獣同然に獲物を喰らった。
荒野と化し黄昏に呑《の》まれた大地は、さらに神々の戦乱によってなお深い闇に呑まれ。
幻想種《ファンタズマ》の突然変異である『魔王』、そしてその同胞たる怪物どもは世に跋扈した。
そんな世に、いくたの王家も、あまたの美姫《びき》も、まして勇者など、いやしなかった。
人類種《イマニティ》は、ただの儚《はかな》き存在で。
国を作り徒党を組み、ただ生き残ることにその全《すべ》てを賭《と》した。
吟遊詩人たちが謡うべき英雄譚《えいゆうたん》も未だない——そんな、血塗られた時代。
この空と海と大地が——『ディスボード』と名付けられる、遥《はる》か以前の話……。

だが、そんな永久とも思われた戦乱は、唐突にその幕を閉じる。
空が、海が、大地が——星そのものが。
憔悴《しょうすい》し疲弊しきり、共倒れ同然に争いの継続を断念させられた。
かくして——その時点で、最も力を残していた一柱の神が、唯一神の座についた。
それは、最後まで戦乱に関与せず。
傍観を貫いた、神だった。

唯一神の座についた神は、地上の有様を見回し。
地上をうろつき回る全てのものたちに語りかけた。

——腕力と暴力と武力と死力の限りを尽くし、
屍《しかばね》の塔を築く、知性ありしモノを自称する汝《なんじ》ら証明せよ。
汝らと『知性無き獣の群れ』の差違や、如何《いか》に？

全ての種族が、口々に己《おのれ》の知性を証明せんとした。
だが荒れ果てた世界を前にその言葉はあまりに虚《むな》しく響き。
ついぞ、神に納得いく解を示せたものはいなかった。
神は言った。

――この天地における一切の殺傷・略奪を禁ずる。
言葉は『盟約』となり、絶対不変の世界のルールとなった。
かくしてその日、世界から『戦い』はなくなった。
しかし知性ありしモノ達は、口々に神に訴えた。
『戦い』はなくなっても、『争い』はなくなりませぬ――と。
ならばと、神は言った。

――知性ありしモノと主張する『十六種族《イクシード》』達よ。
理力と知力と才力と資力の限りを尽くし
知恵の塔を築きあげ、汝《なんじ》ら自らの知性を証明せよ。

神は十六個のコマを取り出し――悪戯《いたずら》気に笑った。
かくして『十の盟約』が生まれ、世界から『戦争』はなくなり。
あらゆる諍《いさか》いは『ゲーム』で解決するものとなった。
唯一神となった神の名は――テト。
かつては『遊戯の神』と呼ばれたものだった……

■■■

ルーシア大陸、エルキア王国――首都エルキア。
赤道を南におき、北東へと広がる大陸、その最西端の小さな国のまた小さな都市。
神話の時代においては、大陸の半分をもその領土とした国も、今や見る影もなく。
現在、最後の都――その首都を残すのみとなっている小国であり。
――もっと正確にいえば。
人類種《イマニティ》の最後の国でもある。

そんな都市の、中央から少し外れた郊外。
酒場を兼ねている宿屋という、如何《いか》にもＲＰＧにありそうな建物の一階。
多くの観衆に囲まれ、テーブルを挟みゲームをしている一組の少女達がいた。
一人は十代中頃《なかごろ》と思《おぼ》しき赤い髪の毛の、仕草や服装に上品さを感じられる少女。
そしてもう一人は――。
赤毛の少女と同い年ほどだろうが、その雰囲気と服装から随分年上に感じられた。
葬式のような黒いベールとケープに身を包んだ――黒髪の少女。
行われているゲームは……ポーカーらしい。

二人の表情は対照的で、赤毛の少女は焦りからか、真剣そのもの。

一方、黒髪の少女は死人を思わせるほどの無表情の中にも、余裕が窺えた。

理由は明白——黒髪の少女の前には大量の、赤毛の少女の前には、僅《わず》かな、金貨。

つまり——赤毛の少女が完璧《かんぺき》に負け込んでいるのだろう。

「……ねぇ、早くしてくれない？」

「や、やかましいですわね。今考えてるんですのよっ」

——そこは酒場、昼間っから呑《の》んだくれている観衆達が下品にはやし立て。

赤毛の少女の表情は更に苦悩の色に染まっていく。

だが何はともあれ——随分盛り上がっている様子だった。


…………——。


その勝負が行われている酒場の、外。

テラス席のテーブルに座り、窓から中を覗《のぞ》きこむフード姿の幼い少女が言う。

「……もり、あがってる……なに？」

「あ？　知らないのか、あんたら異国人——って、人間の異国なんてもうねぇか」

窓を覗きこむ少女の隣の席には、同じくテーブルを挟んでゲームをしている一組がいた。

幼い少女と同じフードを被った青年と、ヒゲを生やしてビールっ腹の中年の男。

青年が答える。

「あー。ちと田舎から出て来たとこでな、都会の事情に詳しくないんだわ」

奇《く》しくもやっているゲームは、中と同じ……『ポーカー』。

――ただし、こっちはビンのキャップを使って。

青年の言葉に、訝《いぶか》しげに中年の男性が答える。

「人類種《イマニティ》に残されてる領土で田舎って……そりゃもう世捨人じゃねぇのか」

「はは、そうだな。で、こりゃ何の騒ぎ？」

適当にはぐらかすように言う青年に、ヒゲの男は言う。

「今、エルキアでは『次期国王選出』の大ギャンブル大会が行われてんだよ」

酒場の中の様子を眺めながら、フードの少女が更に問う。

「……次期国王…選出？」

「おうよ。前国王崩御の際の遺言でな」

『次期国王は余の血縁からでなく〝人類最強のギャンブラー〟に戴冠《たいかん》させよ』

なおもヒゲの男、ビンのキャップを上乗せしながらいう。

「国盗《くにと》りギャンブルで人類種《イマニティ》は負けが込んで、いまやこのエルキア、しかもその首都を残すだけだからな――なりふり構わなくもなるさぁなぁ」

「ふーん、『国盗りギャンブル』ねぇ……面白そうなことやってんな、こっち」

そう答えたのはフードの青年。

フードの少女に倣って、青年も酒場の中が気になる様子で覗《のぞ》き込む。

「——んじゃ、何、あの子達も次期国王候補？」

「んー？『候補』ってのは違うかもな、参加資格は人類種《イマニティ》なら誰《だれ》にでもあるからな」

ただ——と付け加えて、酒場の中に視線を移す男。

——ポーカーをやっているのに〝ポーカーフェイス〟という言葉を知らないのか。

むぅぅと声が聞こえて来そうな顔で手札を睨《にら》む赤毛の少女を一瞥《いちべつ》して、男が言う。

「あの赤毛のほう〝ステファニー・ドーラ〟——前国王の血族だ。遺言の通り、王族の血筋じゃない奴《やつ》が国王になったら何もかも失うから自分が次の国王に、って狙《ねら》いさな」

ここまで人類を負けこませた奴の血族が、全く必死なこって……と。

付け加えて、男はため息ひとつ。中の盛り上がりを端的に語る。

「……ふぅ、ん……」

「ふむ……『国盗《くにと》りギャンブル』——国境線さえゲームで決まる、か」

フードの少女と、青年が互いに感想をこぼす。

少女は感心そうに。

青年は面白そうに。

「ま、そんなわけで総当たりのギャンブル大会が開催中なのさ」

「……総当たり？」

「次期国王に立候補する奴《やつ》は、人類種《イマニティ》なら誰《だれ》でもよく、名乗り上げてどんな方法でもいい、ゲームで勝負し、負ければ資格剥奪《はくだつ》、最後まで勝ち残った奴が国王って寸法だ」

——なるほど、単純なルールだ。わかりやすくて結構だ。

だが、フードの青年が訝《いぶか》しげに言う。

「……ずいぶん適当だな。いいのかそれで」

「『十の盟約』に従い、相互が対等と判断すれば賭《か》けるもの、勝負方法は問わない——誰と、何で、どのタイミングで戦うかまで込みで、国盗《くにと》りギャンブルだからな」

「……いや、別にそのことを言ってるんじゃないんだがな」

そう、意味深に呟《つぶや》くフードの青年が再び酒場の中を覗《のぞ》き込む。

その青年に、少女が呟く。

「……負け込むの、当然」

「ああ、全く同感だわ」

お互いに言い合う二人、青年がポケットから四角いものを取り出し。

酒場の中に向け、ナニかを操作すると、パ・シ・ャ・ッ、と。音が鳴った。

——と、中年男性がにやりと笑う。

「で、兄ちゃん？　他人の勝負気にしてる場合なのか？」

言って、さっと札をオープンする、男。

「フルハウス。悪ぃな」

勝利を確信し――その先の目当てのものを思い、下卑《げび》た笑みを浮かべる男。

――が、フードの青年。

最初から興味がなかったかのように。

たった今、思い出したかのように応じる。

「え？　あー、うん、すまん、そうだったな」

そう言って、無造作に札を開く青年に、中年男の目が見開く。

「ロ、ロイヤルストレートフラッシュだぁ――ッ!?」

最強の手札を、おくびに出すこともなく揃《そろ》えた青年に、男が立ち上がり吠《ほ》える。

「て、てめぇ、イカサマじゃねぇかっ!?」

「えーおいおい失敬な……何を根拠に？」

ヘラヘラと、椅子《いす》を引いて立ち上がる青年に、なおも追いすがる男。

「ロイヤルストレートフラッシュなんて、65万分の1の確率、そうそう出るかっ！」

「今日がたまたまその65万回目のアタリ日だったんだろ、運が悪かったね、おっさん」

飄々《ひょうひょう》と言い放《はな》って、手を差し出す青年。

「じゃ、約束通り〝賭けた〟もの頂こっか？」

「――くそっ」

舌打ちして男が財布、そして巾着《きんちゃく》を差し出す。

『十の盟約』その六、盟約に誓った賭けは、絶対遵守される――はい、ごっそさん」

「……ありがと……おじさん」

言って悠々と椅子《いす》を立つフードの青年と。

ペコリと頭を下げて青年の背中を追う少女。

そうして酒場に入っていく二人を見送るヒゲの男に、友人らしき人物が近づく。

「ヨォ、一部始終見てたけど、なにおまえ〝手持ち全部〟賭《か》けてたのかよ」

「あァ……やれやれ、生活費どうしたもんかねぇ」

「いや、それより。生活費まで賭けて……相手は一体何を賭けてたんだ？」

溜息《ためいき》ついて、つまらなそうな顔で答えるヒゲ男。


「〝自分達二人を自由にしていい〟だとよ」


「なっ――」

「話がウマすぎるとは思ったが……田舎もんっぽかったし行けるかと……どした？」

「いや……つか、おまえ、どっちだ？」

「――はん？」

「いや……ホモかロリコンか、どっちもアウトだな……」

「な、お、おいちょっと待て！」

「なーに安心しろ、カミさんには黙っててやるよ。そのかわり奢《おご》りな♪」

「ち、ちげぇ！　しかも今、有り金巻き上げられただろうが！　それより――」

「あの条件だと、連れの女の子の貞操どころか『二人の命まで賭かんのに』余所見《よそみ》しながら、平然とロイヤルストレートフラッシュだぁ？　なにもんだあいつら……」


――………。

「……にぃ…ズルい」

「あ？　おまえまで、なんだよ」

「……あんな、わかりやすいイカサマ……わざと、使った」

――そう、男の言った通り。

ロイヤルストレートフラッシュなんて手札そうそう出るわけがない。

あんな手札を出すのは、イカサマを使ったと公言しているに等しい。

だが――

「『十の盟約』その八、ゲーム中の不正発覚は、敗北と見なす――」

ついさっき覚えた、この世界のルールを確認するように呟《つぶや》く青年。

「――つまり、発覚さえしなきゃ使っていいわけだ。確認出来たのはいいことだろ」

そんな軽い実験をしてみたとでも言いたげに、伸びをする。

「うし、これで多少の軍資金が手に入ったな」

「……にぃ……こっちのお金、わかる？」

「わかるわけねーだろ？　でもまあ、任せとけ、こういうのは兄ちゃんの領分だ」


ヒゲ男とその友人らしき人物には聞こえないようそう言いながら。

二人は酒場兼宿屋の中へと入っていった。

■■■

なおも勝負に盛り上がる中央のテーブルを余所目《よそめ》に、カウンターへ向かう二人。

カウンターにドサッと、巾着《きんちゃく》と財布を開いて、フードの青年がおもむろに問う。

「なあ。これで二人一部屋、ベッドは一つでいい。何泊出来るよ？」

マスターらしき人物。ちらりと一瞥《いちべつ》して。

一瞬の逡巡《しゅんじゅん》のあと。

「……一泊食事つきだな」

が、その言葉にヘラヘラと——目以外で笑って、フードの青年が答える。

「あはは～あのさ、五徹した後で久しぶりに死ぬほど歩かされてもうヘットヘトなんだよねぇ～──『本当は何泊か』、さっさと教えてくんないかな？」

「──なに？」

「貨幣価値が分からない田舎もんと踏んでぼったくろうとするのは勝手だけどさ、嘘《うそ》つく時は視線と声のトーンに気をつけたほうがいいよ、とアドバイスしておくよ♪」

──と、全《すべ》てを見透かすように視線を鋭くして、青年が笑って言う。

冷や汗一筋、舌打ちして、マスターが答える。

「……ちっ。二泊だよ」

「ほらま～た嘘つく……じゃ間をとって十泊三食つきで手を打とうぜ」

「なっ！　何の間をとった⁉　わ、わかった、三泊食事つきだ、本当だ！」

「あっ、そ。じゃあ五泊食事つきに割引して」

「な──」

「客からぼったくってピンハネしてポケット入れてる金ありゃ奢れるっしょ？」

「なっ、ちょ、なんで──」

「おたく、酒場のマスターで、宿屋のマスターじゃないっしょ？　告げ口するよ？」

ヘラヘラと笑いながら。

しかしえげつない交渉をする青年に、引きつった顔でマスターが答える。

「もの知らない顔してえげつねぇな兄ちゃん……わかった四泊で三食つき、それでどうだ」

「ほい、ごっそさ～ん♪」

そう笑って、部屋の鍵《かぎ》を受け取る青年。

「三階にあがって一番奥、左の部屋だ。はぁ……名前は？」

不機嫌そうに、宿帳を取り出すマスターに、答えるフードの青年。


「ん～……空白でいいよ」


受け取った鍵を手でくるくる回して空《そら》。

勝負で盛り上がっているテーブルを眺める妹の背中をぽんと叩《たた》いて。

「ほれ、四泊取り付けてやったぞ。お兄様を崇《あが》め奉《たてまつ》り――何してんの？」

白《しろ》が見つめる先には、ステファ……なんとか言う、ヒゲの男が言っていた赤毛の少女。

相変わらず苦悩の表情がありありと顔に出ている。

もはや勝つ気があるとは到底思えない程に。

「……あのひと――負ける」

「そりゃそうだろ。それがどうした？」

あんな露骨に感情を顔に出しちゃ勝てるもんも勝てやしない。

ひょっとしてヒゲの男が言うように、王家の血筋は馬鹿《ばか》なんじゃなかろうか。

そう思った空が――ふと、気づく。

「——あ」

そして妹が言った言葉の真意に気づいて、こぼす。

「うわ、そういうことか……こえぇ……」

「……ん」

黒髪の少女の方を見て、そうこぼす空に、うなずく白。

「さっすが……この世界のイカサマはすげぇな。相手にしたくねぇ……」

「……にぃ、顔負け……」

その言葉にカチンと来たのか、ムキになって反論する空。

「ぬ、馬鹿言うな。イカサマはどんだけ凄《すご》いかじゃなく、どう使うかだ」

「……にぃ、アレに、勝てる？」

「——しっかしやっぱここ本当にファンタジー世界なんだなぁ……実感湧《わ》かないどころか妙にしっくり来るのはなんだろな……やっぱゲームのやりすぎか？」

妹の質問にはあえて答えず、そう言って三階へ向かって歩き出す空に。

「……愚問、だった」

と、白が謝る。

——そう、『　』《くうはく》に敗北はあり得ない。

と……途中、すれ違いざまに。

ステ……なんとかと呼ばれていた赤毛の少女に――何故《なぜ》だろう。

気まぐれに、ぼそっと――空《そら》が呟《つぶや》く。

「……おたく、イカサマされてるよ？」

「――――へ？」

赤い髪とは対比的に、青い瞳《ひとみ》を丸くしてきょとんとする少女に。

そう言うだけ言って、三階に上っていく自分達の背中を呆然《ぼうぜん》と見送る少女の視線を感じながら……だがあえてそれ以上何も言わず、振り返らず部屋へ向かった――。

■■■

鍵《かぎ》を回し、心許《こころもと》ない金具が軋《きし》む音をたてて開かれた扉の奥。

部屋は――オブ●ビオンやスカイ●ムで見たような、安っぽい木造の部屋だった。

キシキシ足音がなる床に、小さな部屋。隅には申し訳程度の椅子《いす》とテーブル。

あとはベッドが一つと、窓があるだけという、なんとも簡素な内装。

部屋に入り、鍵をかけて、ようやくフードを取る二人。

Tシャツ一枚にジーンズ、スニーカーだけの、ボサボサの黒髪の青年——空。

純白でくせっ毛の長い髪に隠れた、赤い瞳にセーラー服の小さな少女——白《しろ》。

この世界では見受けられない格好を、目立たせないように拝借していたローブを脱ぎ捨て、やっとすっきりした様子で一つしかないベッドに突っ伏して空。

ポケットからケータイを取り出し——タスクスケジューラーにチェックを入れる。

「——『目標』宿の確保……『達成』——と。もう言ってもいいよな？」

「……ん。いいと、おもう」

確認してから、心から一言、万感の想《おも》いを込めて、こぼす。

「あああああっつっかれたああああああああああああああああ…………」


それはもう……。

ここまではけして言うまいと決めていたセリフ。

そして、一度堰《せき》を切ったらもう止まらないとばかりに愚痴をこぼし始める空。

「ないわーありえないわー、久しぶりに外に出てこんな距離歩かされるとかないわぁ」

同じく白、ようやく脱げたローブに、セーラー服のシワを整え。

窓を開けて、景色を確認する。

開けた窓から、自分達がいた崖《がけ》が——遥《はる》か遠くに辛《かろ》うじて見えた。

「……にんげん、やれば、出来る、ね」

「ああ、やる気が起きなきゃ出来ない──俺《おれ》らという現実を的確に表すいい言葉だ」

そんな後ろ向きな解釈に──しかしこくりと、肯定の意思を示す妹。

「しっかし、もっと足腰弱ってると思ってたが。結構歩けるもんだな」

「……両足で、マウス、つかってた、から？」

「おーなるほど！　一芸も極めれば万事に通ずってホントだな！」

「……ほんらい、想定されてない……通じ、方」


そんな掛け合い漫才も、さすがに限界なのか。

白《しろ》の目が半分以上閉じ始めている。

フラフラと、倒れこむように空《そら》の突っ伏したベッドに横たわる妹。

表情にこそ出さないが、明らかに疲労から来る辛《つら》さが呼吸から感じられた。

──それも当然だろう。

いかに天才少女などと言ったところで、僅《わず》か十一歳の女の子だ。

五日徹夜からのチェス対決、気絶だけ挟んでの強行軍──空ですら辛い大移動に（途中から空がおぶったとはいえ）文句一つこぼさずついて来れただけで、驚嘆に値する。

だからこそ、ここまでけして愚痴は言うまいと空も決めていたわけだが。

「頑張ったな。偉いぞーさすが兄ちゃん自慢の妹」

そう、妹の髪を梳くように撫《な》でて言う。

「………ん。寝るとこ、確保……できた」

「ああ、盗賊に襲われた時は全くどうなるかと思ったがな」

――と、思考を数時間前へ。

つまり……この世界に放置されてすぐのところへ思考を飛ばす空。

■■■

「――さぁて、どうするよ」

「……ふるふる」

二度目の気絶から復活し。

人生の理不尽を呪《のろ》ってひと通り叫び散らして疲れた空と。

ひたすら放心して、ため息をつき続けた白。

それにもついに飽きたのか、二人とも疲労の中に、冷静さを取り戻していた。

崖《がけ》から離れ、舗装もされていない道の脇に座り込む。

「……にぃ、どうして、ここ？」

「いや、ＲＰＧだとこういう道って『街道』だろ？　誰《だれ》か通り掛かるかなって……」

ゲームでの知識が何処《どこ》まで通用するかは、わからないが。ともあれ。

「──さて、こういう時はまず、所持品の確認からだな」

サバイバルものの作品では、いつもそうしていた気がして空《そら》が言う。

その程度の認識から、ポケットから所有品を取り出して行く二人。

出てきたのは──

空、白《しろ》、それぞれのスマートフォン《ケータイ》、二台。

ポータブルゲーム機《DSP》、二台。

マルチスペアバッテリー二つ、太陽光発電充電器《ソーラーチャージャー》二つ、充電用のマルチケーブル。

そして、結局白が手に持ったままだった、タブレットPC──

……とても遭難者とは思えない充実した装備。

ただし──その全《すべ》てがゲーム用であり。

トイレでも風呂《ふろ》でも──停電時もゲーム出来るよう肌身離さず持っていたもので。

──ついでに言えば、本当に遭難した時に役立つか、微妙な充実ぶりだった。

「……ま、ファンタジー世界で、電波なんて立つわけないしな」

圏外表示のケータイを手に空が言う。

──だが、夜はバックライトが懐中電灯代わりになるし、写真も撮影出来る。

マップ機能は──当然機能しないが、コンパスとしては使える。

最近のケータイの高性能さに感謝しながら、空は言う。

「……よし、白のケータイとタブPCは電源切って陽が出てる今のうちに太陽光発電充電器《ソーラーチャージャー》をタブPCと白のケータイに繋《つな》いで充電しとけ。タブPCにはクイズゲームの勉強用に入れといた電子書籍も入ってるし、最悪サバイバルマニュアルが必要になるかもしれん」

「……らじゃー」

兄に言われ素直に両方の電源を切り、ソーラーチャージャーに接続する。

――想定外の事態に陥った時、兄に従うのがベストと、白は経験から理解していた。

……さて、科学のチカラ（空のケータイ）で方角こそわかるものの。

海図なしで羅針盤だけ持たされ、大海原に投げ出された現状に、変化なし。

最先端科学の産物を手に、人生に迷って路端に座り込んでいると。

「――お？」

複数の人間が街道（らしき道）を歩いてくるのが見えた。

「おーっ！　よっしゃ冴《さ》えわたるぜ俺《おれ》のRPG歴ッ！」

「……にぃ、様子、へん」

と、現れた集団が突然足を速め、二人を囲むようにして広がる。

緑色の装束に、走りやすそうな靴に――

「……うっわ、盗賊じゃねぇか」

思わず天を仰ぎこぼす空。

路頭に迷って最初に遭遇したものが『我こそファンタジー世界の盗賊でございい』と。

テンプレートな、人相の悪い一団——いよいよもって本気で天を呪《のろ》いたくなってきた。

と、身の危険を感じ白《しろ》の身をかばう空《そら》。

——だが、盗賊が口にした言葉。


「へへ……ココを通りたきゃ——俺《おれ》らとゲームしな」


………。

それは、兄妹に顔を見合わせさせるものだった——が。

「——そうか、『全てがゲームで決まる世界』って言ってたな——あのガキ」

「……コレが、こっちの、盗賊？」

すぐに納得した二人は、自分達の世界の窃盗団などと比べれば。

あまりに微笑《ほほえ》ましく、可愛《かわい》くすら見えるその光景に、思わず笑ってしまう。

「てめぇら、何笑ってやがる！　ゲームに応じない限りココから先いけねぇぞ！」

何を笑われているか、わからず叫ぶ盗賊達に。

しかし、盗賊達には辛《かろ》うじて聞こえない声で、兄妹二人が打ち合わせる。

「大人数で一人をカモにする、イカサマで身包《みぐる》みを巻き上げる——そんなとこか？」

「……ちょうど……いい、ね」

そう言い合って、パンパンと手を叩《たた》く空。

「オッケー、いいよ、勝負しよう。だがあいにく持ち合わせが全くなくてな」

「はん、構わねぇぜ、なら――」

だが盗賊の言葉を遮って、構わず空は続ける。

「俺らが負けたら俺らを好きにしてくれ。どこかに売るなりなんなり」

「――あ？」

言わんとしていたことを先回りで提案されたことに訝《いぶか》しむ盗賊に。

「その代わり、俺らが勝ったら――」

背筋が凍るような笑顔を湛《たた》えて――兄が、言う。

「一番近い街まで案内して♪　あとそこの二人が着てるローブくれよ。異世界人の格好は街で目立つってので、定番だし。あとこの世界のゲームルール、色々教えてくれな☆」

と、ゲーム脳ならではの順応性を発揮し。

既に勝利を確信し要求を重ねていった。

■■■

と、思考を現在に戻し、空が呟《つぶや》く。

「『十の盟約』――か。白、ちゃんと覚えてるか？」

「……ん。おもしろい……ルール」

うつらうつらと、今にも寝そうな声で妹が答える。

完膚なきまでに負かした盗賊達から訊きだした、この世界のルール。

ケータイに入力したソレを取り出し、読み返す。


【十の盟約】――。

どうやらそれは、この世界の『神』が定めた絶対のルールらしい。

妹はあっさりと暗記したようだったが、兄がケータイに入力した内容は、以下。

【一つ】この世界におけるあらゆる殺傷、戦争、略奪を禁ずる
【二つ】争いは全《すべ》てゲームによる勝敗で解決するものとする
【三つ】ゲームには、相互が対等と判断したものを賭《か》けて行われる
【四つ】〝三〟に反しない限り、ゲーム内容、賭けるものは一切を問わない
【五つ】ゲーム内容は、挑まれたほうが決定権を有する
【六つ】〝盟約に誓って〟行われた賭けは、絶対遵守される
【七つ】集団における争いは、全権代理者をたてるものとする
【八つ】ゲーム中の不正発覚は、敗北と見なす
【九つ】以上をもって神の名のもと絶対不変のルールとする

「そして【十】――『みんななかよくプレイしましょう』、と」

――……。

「九で『以上をもって』って締めくくっといて、十って……」

つまり、仲良くすることまでは強制しない、とでも言いたげな。

もしくは、『仲良くするなんてどうせ無理でしょおまえら』と。

皮肉を感じる【十の盟約《ルール》】に、酷《ひど》く楽しそうな『神』とやらの顔が浮かんだ。

「俺《おれ》らをこっちに引っ張ってきたガキ――アレが『神様』なら、いい性格してんな」

ケータイをしまって、兄が苦笑気味に言う。

と、ベッドで横になって考えていると。

一気に疲れが来たのか、意識にもやがかかり、思考が散漫になり始める。

「……考えてみたら当たり前か。五日徹夜した後いきなりコレだもんな……」

「……すぅ……」

そう呟《つぶや》く兄の横では、兄の腕にしがみついて、早くも寝息を立て始める妹。

横になり前髪に隠れた顔が現れると、陶器のように白い肌、芸術品のように整った顔。

これが兄妹とは、悪い冗談のような、その人形のような少女に。

「――毛布くらいかけろっていつも言ってんだろ……風邪引くぞ」

「……ん」

そう声をかける兄に、虚《うつ》ろな返事で「かけて」と要求する妹。

埃《ほこり》の臭《にお》いがする毛布を妹にかぶせるのを躊躇《ためら》ったが、ないよりマシだろう。

寝息を立てる妹の寝顔を眺めながら、兄は考える。

(——さて、これからどうしたもんか……)

と、ケータイを取り出していじる空《そら》。

何か役に立つようなアプリを入れていないかと探ってみて、ふと思う。

(——こういう異世界漂流ものの作品だと、まず帰る方法を気にするとこだが……)


——もうこの世にいない両親。

——社会に受け入れられない妹。

——社会を受け入れられない自分。

——画面の中にしか居場所のない——世界。


「……なぁ。異世界に投げ出された主人公達は何で、あんな世界に戻ろうとしたんだ?」

寝ているのを承知で、そんな質問を投げかけてみるが、やはり答えはない。

ここで四泊したその後を思って、どうするか。

考えてはみたが——結論が出るより早く、睡魔が空の思考を絶ち切った。

■■■

——コンコン、という。

その控えめなノック音で目覚めることが出来たのは——。

見知らぬ土地に来て、神経が過敏になっているせいだろうか。

全く寝足りないと絶叫する身体を黙らせ、脳が急激に活性化していく空。

「………むにぃ」

——が、別に妹はそうでもないらしかった。

兄の左腕をつかんだまま、よだれを垂らして熟睡する妹の顔。

それはなんとも安心しきり、羨ましくもイン・ザ・ドリームの様相を呈していた。

「そうか、考えてみたら、この世界、殺傷・略奪は出来ないんだっけ……」

つまり——本来警戒すべきことは、この世界では必要ないということで。

それを理解してか——いや、間違いなく理解したのだろう。

早くもこの世界に順応し、気持ちのよさそうな顔で眠る妹に空は苦笑する。

「やっぱ頭の出来では敵《かな》わないよなぁ……」

——コンコン、コンコン。

再び聞こえた控えめな音に、空が答える。

「あー、はいはい、どちらさん？」

「ステファニー・ドーラという者ですわ。昼間の件で、お話をお伺いしたく……」

……すてふぁにー……あぁ。

ケータイを取り出し、撮影した写真を確認する空《そら》。

赤い髪と青い目の気品のある少女。

そうだ、下の酒場でなんか――新国王を決めるゲームをしてた片割れだ。

「あー。はいよ、今開ける」

「……にゅ……」

「――妹よ、懐《なつ》いてくれるのは兄冥利《みょうり》に尽きるが、腕、放してくれ、ドア開けられん」

「……？……なに……？」

半分以上寝ている様子の妹が、ようやく腕を放してくれる。

重い体をベッドから引き剥《は》がし、木の床をキシキシ鳴らせて、ドアを開ける空。

扉の向こうには、ケータイの写真にあった表情からはずいぶんかけ離れた――打ちひしがれた様子の『ステファニー』が立っていた。

「――入らせて頂けます？」

「あ、はあ、どうぞ？」

とりあえず、言われるままステファニーを部屋の中に通す。

狭い部屋、その角の小さいテーブルと椅子《いす》へ促して。

空《そら》は今なお寝ぼけて左右に揺れる妹が座るベッドに、腰を掛ける。

話を切り出したのは、ステファニー。

「……どういう、ことですの？」

「——何が？　あ、一応言っとくけど俺《おれ》ら兄妹だからな？　これは別に——」

「……うぇ……にぃに、ふられたぁ……」

——訂正しよう。

半分ではなく——八割寝ている妹が背中にのしかかってくる。

この世界の世間体というものはよくわからなかったが、一応弁解しておく。

「えー、違いますよ？　俺、空。彼女いない歴＝年齢、彼女募集中でっす♪」

「……どうでもいいですわそんなこと」

だが、取り合う気力もないのか、力なさげにステファニーは続ける。

「それより、昼間のことですわよ」

昼間——昼間。はて、なんのことだろう。

そもそも、今は何時なのか。窓から陽の光は見えないが——。

ちらりと覗《のぞ》いたケータイは、寝てから四時間の経過を示していた——眠いはずだ。

「昼間、すれ違いざまに言いましたわよね。『イカサマされてる』って」

むにゃむにゃ言いながら、話は聞こえていたのか、妹が目を閉じたまま言う。

「……やっぱり……まけた？」

その妹の態度にカチンと来たのか。

「――ええ……ええ負けましたわよ！　コレで何もかも終わりですわよっ！」

立ち上がって叫ぶステファニーに、空が耳をふさぐ。

「あー、寝不足の頭に響くから、あんま叫ばないでくれると……」

八つ当たり気味にカバンをテーブルに叩《たた》きつけて叫ぶステファニーに、しかしそんな空のささやかな要求も、どうやら聞こえない様子。なおも甲高い声が響く。

「イカサマしてたことがわかったなら、その内容まで教えてくれたっていいじゃないですのよっ！　それをバラせば勝てましたのにっ！」

寝る前眺めていたケータイのメモを思い出して、空が言う。

「ふむ……『十の盟約』その八、ゲーム中の不正が発覚した場合、敗北と見なす、か」

つまりいくらイカサマしているとわかっていても。

発覚――すなわち証明出来なければ敗北と見なされない、と。

「おかげで黒星ですわ！　これで国王選定から外れましたわよっ！」

「……つま…り……」

寝ぼけた口調で、もにゃもにゃと白《しろ》が言う。

「……まけて……くやしいから、やつあたりに……きた？」

オブラートに包む気などない言葉に、図星を突かれたステファニーの歯が軋《きし》む。

「あ～妹よ。寝ぼけたフリして、火に油を注ぐの、やめようか」

「……む……なぜ、バレたし」

「俺《おれ》が『彼女募集中』って言った瞬間目ぇ覚ましただろ……ただでさえ味方のいない地なんだからさ、もっとこう、友好的にだなぁ――」


――が。


そこまで言って言葉を止める空《そら》。

ふと――その脳裏にある案が浮かぶ。

その兄の表情の変化から何を読み取ったのか、白《しろ》はそれ以降、言葉を止める。

一方、空は人が変わったような、嫌味《いやみ》な笑顔を浮かべて、言う。

「――ま、でも妹の言う通りだわな。人類が負け込むのも当然だわ」

「……なんですって？」

ピクリと口の端を引き攣《つ》らせるステファニー。

だが構わず空、わざと下卑《げび》た目でステファニーの体を眺め回す。

ファンタジー世界のお嬢様らしい、フリルの多いふわふわのドレス。

その服でも隠し切れない、肉づきのいい豊満なスタイルを舐《な》めるように眺め。

相手の逆鱗に触れる言葉を、慎重に選んで――言った。

「あの程度のイカサマも見破れず、挙句八つ当たり……しかも子供に図星を突かれていちいち怒りを顔に出す――まったく短絡的。コレが旧国王の血筋なら負け込むのも当然だ」

――と。

■■■

知能の低い動物を哀れ見るような目で、そう言う空に。

ステファニーの目が見開き、続いて怒りに表情を震わせて睨《にら》む。

「…………撤回……しなさい」

「撤回？　はは、なんで？」

「私《わたくし》はともかく――御爺様《おじいさま》まで愚弄《ぐろう》するのは許しませんわっ！」

食ってかかる形相のステファニーに、しかしせせら笑って、手振りまで交えて空。

「おまえがイカサマに気づけなかったのは、守りに入っていたからだ――リスクを背負い込むより安全に勝ちたい、そういう奴《やつ》は身の安全に忙しくて、相手に気を配れないのさ」

そして、嘲《あざけ》るように苦笑して、切り捨てる。

「単純、沸点が低い、感情制御も出来ず、保守的。ハッキリ言って『論外』だな」

「――黙って聞いていればあなた――っ‼」

椅子《いす》から立ち上がり、掴《つか》みかかるような形相のステファニーを遮って空が言う。

「じゃ、ゲームをしよう」

「……え、あ、はぁ？」

戸惑い。だが警戒心むき出しで、空《そら》の言葉を聞くステファニー。

「なに、難しく考えることはない。ただのジャンケンだ。知ってるか？　ジャンケン」

「ジャンケン――？　それは……まあ、知ってますわよ」

「うん、この世界にもあってよかった。じゃあそれで勝負。ただし――」

と、指を立てて。

言い含めるように、ゆっくりと、空はこう言う。

「普通のジャンケンじゃあない――いいか？　俺はパーしか出さない」

「――は？」

「俺《おれ》がパー以外を出したら『俺の負け』……だが、パー以外の手を出しておまえに勝ったら、お前も負けだからこの場合『引き分け』――もちろん、パー以外を出してあいこになったら『俺の負け』だ」

「――」

パー以外を出したら負け？

この男は何を言っているのか、ステファニーは更に警戒を深め。

「──賭けるのは、何ですの？」

話が早くて助かる──とでも言いたげに、にやぁと、空が笑って答える。

「おまえが勝ったら、おまえの要求を全《すべ》て呑《の》もう。おまえが負けた理由、イカサマの真相を教えてもいいし、愚王のジジイを侮辱した罪で、死ねというならそれも仕方ない」

「…………このッ」

「──で！　俺が勝ったら。逆におまえが、俺の要求を全て呑むわけだ」

楽しそうな、だが氷より冷たい表情に、不気味に笑みを張り付かせて。

下品にも、醜悪にも、そして──冷酷にも思える口調で、こう続ける。

「こっちは命を賭《か》けるんだ──そっちも、貞操とか色々、賭けてもいいだろ？」

頭に上った血が、寒気に引いていくのを感じるステファニー。

だが、そのぶん冷静になった頭で、慎重に──問う。

「──引き、分けたら？」

「俺はイカサマのヒントだけ教える……そのかわり」

一転して、困ったように頭をかいて、笑う空。

「些細《ささい》な願い叶《かな》えてくれないかな。手持ちで数日は凌《しの》げそうなんだが──ぶっちゃけここで4泊した後、宿も食い物もないんだわ。そもそもこの先どうするか困っててな……」

「――つまり、宿を提供しろ、ということですの？」

ステファニーの言葉に、ニッコリと笑顔で応じる空《そら》。

――なんてことはない。

しばらくタカらせろと言いたいわけだ、この男は。

「どうする～？　やめとく～？」

「………………」

「まあ、相手のイカサマを今更知った所で、もう王の資格はないわけだし？　防戦大好きな人みたいですし、そんなリスク背負う必要ないしなぁ、断ってくれていいよ別に」

あからさますぎる挑発。

分り易《やす》すぎるその挑発に――しかしステファニーはあえて、ノる。


「……いいですわ、やりますわよ――【盟約に誓って《アッシェンテ》】ッ！」

――それは『十の盟約』に従ったゲームであるという誓いの言葉。

十の盟約に従い――絶対遵守のギャンブルを行うという、神に誓う意思表明の言文。

「オッケー、じゃあこっちも……【盟約に誓って《アッシェンテ》】っと」

ニヤニヤと――真意のつかめない感想を口に、誓いを立てる空。

だが、ステファニーは頭の中で既に、猛然と思考を巡らせていた。

――パーしか出さない？

そう言われて、ほいほい私《わたくし》がチョキを出すとでも思ってるのかしら。
提示した条件を見れば――あちらの意図は明らかですわ。
あいこを狙っての勝負――コレしかないですわ。
この男は、宿が欲しいだけ――そしてイカサマも本当はわかってない。
こんなところが真相じゃないかしら。
彼がパー以外、負けというなら、私が出す手の勝率は――
グー：2勝1敗。　チョキ：2勝1分。　パー：1勝2分――となる。
パーしか出さないと宣言し。
私が素直にチョキを出したらグーを出して。
『はい予定通り～バカ正直乙』とでも笑う腹づもりなんでしょう。
かといってパーを出せば――負けることはないけど。
ほぼ確実に引き分けられて結局相手の思う壺《つぼ》。
――この男、私が絶対グーは出さないと思ってる――っ。
唯一、負ける可能性がある手だからっ！
――バカにして――っ！
グーでもチョキでも、私の勝率は『2：1』ですのよ。
狙《ねら》い通り――引き分けになんてさせてやらないですわっ！
キッ――と、空を射ぬくように睨《にら》むステファニー。

「──っ」

──だが、睨《にら》んだ空《そら》の顔に、息を呑《の》む。

そこに憎たらしい軽薄な男がいたから──ではなく。

冷徹に、ただ冷静に勝利を確信する男の、薄い笑いだけがあったから。

その空の表情に──冷水を掛けられたように、再び上った血が下がっていく。


──違う、落ち着け、冷静になるんですのよ。

そう自分に言い聞かせ、ステファニーは思考を再度張り巡らせる。

短絡的、感情的、単純と言う挑発を、みすみす露呈してどうするんですの。

そうして自分に言い聞かせて、ステファニーはあることに気づく。


──そう。

当たり前のことじゃないですの。

こいつは──この男は──宣言通りパーを出す以外選択肢はないじゃないですの！

それ以外の、どんな手を出そうと『勝つこと』は不可能ですのよっ。

なら──こっちが何を出そうが、この男は宣言通り「パー」を出すしかない……。

勝てばラッキー、引き分けで予定通り──ですもの！

負ける可能性があるのは──どの手も同じですものッ!!

「じゃ、そろそろいいかな？」

既に勝利したように笑う空がそう言う――が。

「ええ、そちらこそ。盟約を遵守する心の準備は、宜《よろ》しいですの？」

同じく、勝ちを確信したステファニーが答える。

(手はもう見えているんですのよ――吠《ほ》え面《づら》かくがいいですわっ！)

「んじゃ行くぞ、あほれ、じゃーんけーん――」

――ぽん、と。

『チョキ』を出したステフの目が。

「なっ――」

――『グーを出した』空の手に、見開く。

「なっ、な――なん、で……そんなはず……」

「挑発にノッて正直にグーを出さなかったことは評価するけど――まだ浅い」

と――冷酷な余裕も。軽薄な笑みも消して。

淡々と空が、ベッドに座りなおして、ステファニーの心中を代弁する。

「俺《おれ》の挑発にノッて、自分が唯一負ける可能性があるグーを出そうとした」

「…………ッ」

「――だが俺の表情で冷静になり、俺がパー以外では【勝ち】がないのを理解した」

「――なっ……」

読まれてた――つまりあの表情は……全部、芝居!?

「と、そこまではいいけど……俺《おれ》を負かすつもりなら『パー』にしとくべきだったな……

そうすりゃ俺の唯一の勝ちの目を潰した上で、俺に勝てる確率は倍になってた」

――全《すべ》て読まれ――いや、動かされていた。

「くっ――ぅ」

唇を噛《か》んで、膝《ひざ》を折り、床に手をつくステファニー。

冷静になる過程――それどころか、その上でステファニーが勝ちに行くことまで。

――つまり、コレが。

ステファニーが、昼間負けた理由だとでも言いたげに。

だが、続ける空《そら》。

「それと、そもそもこの勝負、最初から俺の一人勝ちになるようになってる」

「わかってますわ。引き分け狙《ねら》いだからでしょう。いいですわよ、宿くらい――」

落ち込んで投げやりにそう答えるステファニー――だが。

「うん、そこ。そこそこ。――『違うよ』？」

「……はい？」

「よぉく思い出してみようか？　俺はこう言ったよ？」

——些細《ささい》な願い叶《かな》えてくれないかな。手持ちで数日は凌《しの》げそうなんだが——ぶっちゃけここで4泊した後、宿も食い物もないんだわ。そもそもこの先どうするか困っててな……

「はーいここで問題ですっ！　俺は——『些細な願い』の内容を言ったか？」

「…………………………はっ⁉」

慌てて立ち上がって、猛然と抗議するステファニー。

「え、だって、宿を提供しろってことか、って確認しましたわよっ⁉」

「うん、でもそれ、肯定してないよ～俺」

たったさっきのことを、映像音声まで思い出そうと脳をフル回転させるステファニー。

宿がない、食い物、この先どうするか、などという言葉で飾られて。

空は——この男は——ただ。

笑っただけ。

——勝手にタカらせろという意味だと、思い込んだのは——

「あ——ぁ——」

「もうお分かりですねっ！　では俺の『些細な願い』よーく聞いてくださいね♪」

満面の笑みを浮かべ、ビシッ——とステファニーを指さし、空が言う。

「俺《おれ》に惚《ほ》れろっ！」

■■■

…………………――――


……長い、沈黙。

それを破ったのは、ここまで口をつぐみ、状況を眺めていた白《しろ》。

「……えーと、にぃ？」

「ふふふ、どうした妹よ。兄のパーフェクトプランに感動して声も出ないか？」

意図を把握しかねる妹に、しかし空《そら》は己《おのれ》の完璧《かんぺき》な要求に酔いしれていた。

『十の盟約』その六――〝盟約に誓って〟行われた賭けは絶対遵守される。

そしてその九によれば――反故《ほご》にすることは不可能な、神の力が働くと考えられる。

ならば当然、そこに個人の自由意志などない、と考えられるのだ！

だが――。

「……えっと……どういう、こと……？」

と、なおもわからない様子の妹に、今度は空が不思議そうな顔をする。

「おや、珍しいなマイリトルシスター。惚れた弱みっていうだろ？　盟約を絶対遵守するのが世界の法則なら、当然『貢いでくれる』だろ？　宿もお金も、人材までゲット出来て一石三鳥じゃん♪」

頭のいいおまえが何故《なぜ》わからない、と言いたげな空に。

白が、ぼそりと呟《つぶや》く。

「……〝俺の所有物になれ〟……じゃ、ダメ…なの？」

「————ん？」

「……そうすれば、全部、手に入った」

「——え、あ、あれ？」

空、一瞬の混乱。そして高速で思考を巡らせはじめる。

妹の言う通り『俺の所有物になれ』と命令すれば。

所有物の所有物もまた、自動的に自分のモノになるわけで——。

「あ、あれ？　そっちのほうが得じゃ……あれ？」

何故思いつかなかった——？

その通りではないか。

駆け引きは自分の領分とし、そう主張するに足る実績も実力もある空が何故――？

「…………にぃ、願望、入った？」

「――――――――あ……」

妹の――おそらく眠気から来るものではないだろう、冷たい半眼に。

「ああああああああああああああああああああああああああああああ」

と、空《そら》は頭を抱えて絶叫した。

「ま、まさか……まさかそうなのか⁉　このチャンスを逃せば一生彼女出来ないという、俺《おれ》の浅ましいコンプレックスが、こんな土壇場において判断を曇らせたというかっ⁉　ば、馬鹿《ばか》な……そんな、お、俺がそんなくだらないミスを――」

ありえない。

『　』の参謀《くうはく》を担当する自分が、こんなミスを――と目眩《めまい》すら覚える空に。

どこか不機嫌そうに、白《しろ》がなおも冷たい声で言う。

「……にぃ、彼女、いらないって……しろがいれば……いいって……言った」

「強がってましたあああスンマセンでしたああああああ」

ベッドで頬《ほお》を膨らませる妹に、五体投地の勢いの土下座で謝る空。

「だ、だって妹には手ぇ出せないじゃん！　ましてや十一歳じゃん！　ポリスのお世話になっちゃうじゃん！　兄ちゃんだってお年頃《としごろ》ですしそういう願望はそりゃあ――」

そう言い訳をまくし立てる兄。しかし冷たい目のままの妹。

そして。

「――――」

当の、要求されたステファニーは、置き去りにされうつむいて震えていた。

そう、空の読み通り、盟約に拒否権はない。それは世界の絶対法則だ。

だが――顔が熱く、心臓の鼓動が止まらない。

先程から自分を無視して妹とやり取りしている空に胸が締めつけられる。

――それが世界の法則だとしても。

まさか。

こんな男に。

こんなやつに。

――〝嫉妬してる〟――などとっ！

「認められるわけないでしょぉおおおおおおっ！」

「うぉ！　びっくりしたっ！」

怒りから来る震えに、ようやくステファニーが叫び、立ち上がった。

強制的に植えつけられた感情を、断固拒否する構えで空《そら》を鋭く睨《にら》む——が。

「——う、うぅっ！」

当の空と目が合った瞬間、鼓動は跳ね上がり、顔が更に熱くなる。

「そ、そ、そそそれの何処《どこ》が『些細《ささい》な願い』なんですのよ！　お、乙女の恋心をいったい何だと思ってるんですのっ⁉」

悟られまいと慌てて目を逸《そ》らし叫ぶが。

意気込んで立ち上がったわりには、いささか威勢が欠けた。

「あ、えーと……それはですね……」

頬《ほお》を掻《か》いて、空はバツの悪そうな顔で視線を泳がせる。

本来、予定していた展開を、盛大なミスからカッコつかなくなり、思案する。

「な、なぁ白《しろ》、どうするか」

「……しら、ない……」

「うぅ、ぐぅ……っ」

情けなく妹に助けを乞《こ》うも冷たく切り捨てられ——

「えぇいっ——おほんっ！」

ままよ、とついに腹を括《くく》った空、咳払《せきばら》い一つして。
・・・・・・・・・・・・ミスなどなかったとすることにした。

開き直ってしまえば気が楽だった。空はへらっと笑い。

「些細の基準は人それぞれだ。そのお菓子一口頂戴《ちょうだい》って全部食って、はい一口てな」

調子を取り戻したのか、そんなセリフをスラスラと吐き始める空。

「ぺ……ペテンじゃないですの、そんなのっ！」

だが、ステファニーはそれどころじゃなく反論する。

——耳に届く空の声がこそばゆいのだ。

出来ればもう喋《しゃべ》って欲しくない、だがもっと声を聞きたいという葛藤《かっとう》。

それを『説明を求める』という口実で抑えこんで、なおも反論する。

そんなステファニーの乙女的葛藤を知る由もない空（十八歳・童貞《どうてい》）は冷静に。

まるで教え子のミスを指摘するように、指をさす。

「そう、そこ。勝負の内容に気を取られて、『勝負の前提』を疎《おろそ》かにしてる。ダメだねーそーゆー具体性のない発言を見逃しちゃぁ……それが、勝敗の条件を強調して脅してわざと見えにくくしたものでも、ねぇ～」


——つまるところこの勝負、引き分け狙い。

ここまでは確かにステファニーの読み通り。

だがまだ、まだ足りなかった。

引き分けでも勝利でも——ステファニーが負うリスクは同じだったということ。
それこそが、この勝負の本質であり——つまりそれは——

「こ、この——詐欺師っ」

そう、つまりは『詐欺』なのである。

ステファニーがそう叫びたくなるのも無理はない——だが。

「うえぇー酷《ひど》い言いがかりだよぉ～騙《だま》される方が悪いんだよぉ～」

「そ、その物言いも詐欺師のセリフですわよっ」

なおも続くステファニーの抗議に、拗《す》ねていた様子の白《しろ》がやっと口を挟む。

「……『十の盟約』……三……ゲームには……対等と判断したものを……賭《か》ける」

白がようやく味方に戻ったことに喜んで、空《そら》が続ける。

「そう！　ポイントは『判断したもの』というところ。そして同じくその四、〝三〟に反しない限り、ゲーム内容、賭けるものは一切を問わない——ってことは？」

くねっくねっと動いて指差す空に、白が答える。

「……命、人権も——賭けの対象……」

「いえーすいぐざくとりー♪　賭けを決める時点で、既にゲームははじまってるわけだ」

ステファニーへの説明のように見せて、実際には兄妹のやり取りに。

しかし白。

「……でも、感情まで賭ける……必要、なかった」

「いいえ！　コレは自由意志が介入しないと確認するためで止《や》む無《な》く――」

「…………にぃ」

「すみませんでした」

どうやら『ミスなどなかった』は、妹には通用しないらしい。


「で、でも――！　こんなペテンで――」

こんなペテンで、自分の初恋を――と。

涙目で、なおも反論しようとするステファニーを、本来責めるのは酷だろう。

だが。

「……『十の盟約』その六……盟約に誓った賭けは、絶対遵守……」

十一歳の少女が――憐《あわ》れむような目で、静かに。しかし的確にトドメを放つ。

「……そのいみ、重さ……わすれて、挑発に、のったの……そっち」


――そう、そもそも十の盟約に従うなら。

【五つ】――ゲーム内容は、挑まれたほうが決定権を有する。

ステファニーにはゲームを拒否する権利も、ゲーム内容変更の権利もあった。

その権利を棒に振って勝負にのったのは、他ならぬ――

「――うぅっ……」

――ステファニー自身だった。

もはや言葉は尽きたのか、ステファニーはぺたりと、床に座り込む。

事実、盟約は成立し――現在ステファニーはその影響を受けている。

それこそ、世界がこの勝負の正当性を認めているということ。

ステファニーが何を言ったところで、自分は負け、賭《か》けは成立したのだ。

「えーと、じゃあ納得して頂いたところで、ステファニー？」

「――くっ……このッ！」

このクズ！　と叫ぼうとするも。

――感情が、それを許さなかった。

それどころか、名前を呼ばれたことに甘い感情すら湧《わ》いて来たことに――

「――うぅぅぅっ何でですのよぉぉぉっ」

怒りすら湧き、そのまま土下座するように床に頭を打ち付けるステファニー。

「うぉっ――お、おま、大丈夫かっ!?」

「大丈夫に見えまして!?」

赤く腫《は》れたおでこでキッと空《そら》をにらむステファニーに、たじろぐ空、だが。

「いえ、あまり。で、でも賭けに勝ったの俺《おれ》だし、その――要求をですね？」

要求――――。

そう、そもそも空の目的は『惚れてもらうこと』ではなく、その先。

『惚れた結果貢いでもらうこと』だったのを思い出す。


だが――待て、とステファニー。

空の要求は『惚れること』であり。

『命令に従うこと』ではないではないかっ。

つまり、ステファニーには、どんな要求もこれ以上呑む義務はないのだっ。

「ふ……ふふふ、ツメを誤りましたわね……」

そうとわかれば話は早い。

どんな要求にも『NO』と突き返せばいいだけである。

それで全《すべ》て片付く話なのだっ！

「じゃ、まずステファニーって長いから、ステフって愛称で呼んでいいか？」

「え？　あ、はい、いいですわよ♪　――――はっ！」


――愛称を付けられたことに、笑顔で頷《うなず》いた『ステフ』。

二秒前、『一切要求を呑《の》まない』と決意した理性はそこにはなく。

惚《ほ》れた相手にニックネームで呼ばれた嬉《うれ》しさに頬《ほお》を赤らめる乙女だけが――

「ちが――いや、な、名前なんて別に、どう呼ばれようが、き、気にする必要ないですもの！　ええ、そうですわ、うん！　以後の要求を一切呑《の》まなきゃいいだけですわっ」

そう無理やり自分を納得させることにしたステフはしかし気づかない。

さっさとこの部屋を飛び出して逃げてしまえばいいということに。

つまり――空の側《ここ》にいたいと、無意識に思ってしまっていることに……。

「ん、じゃ俺《おれ》のことも空って呼んでくれ。で、ステフ。王族の家系だったよな？」

――来た。

そう、貢がせるのが目的なら、お金、宿、食事。

そういったことを要求して来るつもりだ。

だがその要求に、ステフが従う拘束力はない。

ふふ、と内心笑うステフ。

空が出した要求に、真正面から『お断りしますわ！』と言って。

このペテン師の失敗を自覚させる――その顔は、さぞ見物だろう。

そのセリフを準備して、空の要求を待つステフに。

「だったら家、広いよな。しばらく一緒に住ませてくれないかな」

「――あ、はい、いいですわよ♥」

――……。

あれ？

「え、あれ？　なんで、あれ？」

混乱し、自分の発言がわからなくなるステフ。

だが、鼻血が出そうなほど熱くなっていく顔に。空の言葉に思い巡らす。

『一緒に住ませてくれ』――。

つまりそれは、まあ、一緒に住むということであり。

同居……同棲するということであり。

つまりずっと一緒にいるということであり。

つまり……ベッドとか、お風呂《ふろ》を共用――

「あ、あ、あああああああ違う、違いますわ、コレは、違うんですのよっ！」

木製の壁に、ゴンゴン頭を打ち付けるステフに、青ざめた顔で恐る恐る空。

「えーと、あの、なんか、すごいことになってるけど……ダメか？」

「ダメなわけないでしょっ！――あぁ〜〜……もう無駄なんですのね……」

乾いた笑いで天井を仰ぐステフ。

——そう、確かに空《そら》は盛大なミスをやらかした。

何の『契約的拘束力もない』要求をしてしまったのだ。

だが、彼女いない歴＝年齢である空も。

また、今まさに初恋を経験させられているステフも。

歴史上、恋心一つで滅びた国すらあるという事実を。

——あまりに軽く見ていた。

■■■

「ふ、ふふ……もう……いいですわよ、どうにでもしてくれればいいですわ」

木の床に突っ伏して、いじけたように泣きながらステフが言う。

契約的拘束力はなくとも、自分に拒否権は、もはやない。

そう悟ったステフは、光のない目で、半笑いでそう告げるしかなかった。

「——他に要求はないんですの？　ふふ、もう何でも来やがれですわ」

が——。

ここへ来てまだ、ステフは思慮が欠けていると言わざるを得ない。

『惚《ほ》れろ』と要求された以上、あってしかるべき要求を、想定していないのだから。

「あー……えっと、そうだな……」

ちらりと白《しろ》を見る空。

その一瞥《いちべつ》が何を意味するか、ステフには知る由もないが。

白は、こくりと頷《うなず》いた。

「……いい、しろが十八に、なるまで待たせたら……にぃ…かわいそ」

「かわいそとか言わないでくれます？　あと兄ちゃん妹には手ぇ出さないよ？」

「……だから」

親指を人差し指と中指で挟んで、無表情に白。

「……にぃ、どーてー卒業、おめ」

「————————なっ」

——そう。

育ちの良さか、単なる想像力の欠如か。

体を求められる、という当然の展開に。

全《すべ》てを諦《あきら》めていたステフの目に再び光が灯《とも》る。

「な、なな、なんですのっ？　きき聞いてないですわよっ！　そそ、そういうことはもっとムードというか、然《しか》るべき状況で——ん？　あれ？」

だが、光が戻ったのは己《おのれ》の貞操の危機を恐れて——ではなく。

——期待して、と気づいたステフは再び、壁を頭で掘る作業に戻ろうとしていた。

そんなせわしないステフの心の機微なぞ気づく様子もなく空《そら》はキッパリと告げる。


「駄目だ。白《しろ》が十八になるまでは十八禁展開は却下」


「——へ？」

と呟《つぶや》くのはステフ。だが、やはり放置。

「……しろは、きにしない」

「兄ちゃんは気にするの！　お子様はポルノダメ絶対！」

「……にぃ、りょーじょく系、苦手だから…惚《ほ》れろって、言ったと、思った……」

「いやあの、兄ちゃんなんで性癖把握されてますか？」

「……ゲームの箱……全部部屋に、おいといて…なんでも、なにも……」

何のことかさっぱりわからないステフ。

だが、当の本人である自分が無視されている事実と。

——何故《なぜ》か〝妹同伴前提〟で話が進んでいることは、理解出来た。

「——あの、妹さんを部屋から出せばいいだけじゃないんですの？」

「ん？　期待して貰《もら》って嬉《うれ》しいけど、そうもいかない事情があるんだよ」

「――ちがっ！　違いますわよ馬鹿《ばか》じゃないんですのアホですの!?」

顔を真っ赤にして叫ぶステフを他所《よそ》に。

大いなる問題に突き当たって、その解法を探す学者のように。

腕を組んで考えこむ二人に、ついに閃《ひらめ》きが舞い降りたらしく。

「……じゃあ」

と、白がその無慈悲な解法を示す。

「……ギリギリ健全で……せめれば」

「おぉっ、それだっ！　さすが我が妹っ天才少女め！」

「……………え？」

そう褒めちぎる空の言葉に、まんざらでもない様子の妹。

そして――よくわからないが。

どうやら妹同伴で〝ことに及ぶ方法を発見したらしい〟ことにステフは警戒する。

「――しかし、どこまでやっていいものか」

「……にぃ、そういうの、得意……」

「〝そういう〟マンガやゲームに触れてることを言ってるなら、自分で実践するとなると話が違う、とだけ言っておこうかマイリトルシスター」

「……どーてー……だから、どうするか……わからな、いと？」

適切な、だが不必要な翻訳に痛み入る空《そら》に、白《しろ》はスマホを翳《かざ》す。

「……しろが、カメラで撮影、しながら……指示」

「ふむ。指示するのはともかく、何故《なぜ》カメラが必要なのでしょうか妹よ」

「……にぃ、おかず、いらない……の？」

「ふーむ。気の利きすぎる妹も考えものだが、その気遣いは有難く受け入れよう」

複雑な気持ちで、ステフに向き直る空。

一方、取り出されたスマホが何なのかわからず、ただ呆然《ぼうぜん》とするステフ。

動画撮影を開始し、白が最初の指示をだす。

「……ていく、わん。アクシデントからの、転倒……からの～？」

「お——そういう展開か。で……この状況でどう転倒しろと——」

と周囲に躓く・・・ものを探す空の背中に、おもむろに。

「……んっ」

白の軽い蹴《け》りが入る。

「うぉっ——なるほどっ　おーっとたーおれぇるー（棒）」

「————へ？」

三文も惜しむ芝居でわざとらしく、ステフを巻き込み転倒する空。

そのステフを組み伏せた両手は――。

――お約束通り、ステフの両乳房に置かれている。

この状況を、〝ベタな展開〟の一言でステフに理解しろというのは――暴力だろう。


「……ていく、つー……不可抗力からの、乳もみ」

「いや……意図したら不可抗力でもなんでもないんじゃ……」

「……じゃ、やめる……」

「やりましょう監督。俺《おれ》、頑張りますっ！――せいや！」


もみゅもみゅもみゅ。もみもみもみもみ。

もみゅもみゅもみゅ。もみもみもみもみ。

たゆんたゆん。たぷたぷたぷたぷ。

たゆんたゆん。たぷたぷたぷたぷ。

むにょむにょ。ぽよっほよっ。ぐに――にょ――ん。


「うわ……」

予想通り、かなり豊満な感触に、感嘆詞以外の感想を上げられずにいる空《そら》。

一方ステフは、目を丸くしてただ放心していた。

事態に理解が追いつかない故――。

それも、もちろんあったのだろうが。

それ以上に――触れられた手の感触に、何故か思考を溶かす感覚を覚えて。


「――ぁ……んっ」

ステフからこぼれた声は口を押さえたおかげか、幸い二人の耳には届かない。

「――ぬ、ぬぅ……さ、三次元も捨てたもんじゃないな……えっと――あの、監督。このくらいはまだ『全年齢指定』でしょうか？」

「……ん……でも、にぃ……揉《も》みすぎ」

少し眉根《まゆね》を寄せて、自分のまっ平らな胸を見下ろして、白《しろ》が言う。

「おっと――そうだな。乳揉みはあくまでアクシデントだから、精々三コマくらいにしとくのがベターだよな――で、えっと、このあとどうしましょう、監督」

「……ていく、すりー。そこからの、ポロリ」

「え、それ健全か？」

思わずつっこむ空に、真顔で言い切る白。《かんとく》

「……ジ●ンプ基準なら、全裸、だって……余裕」

「いやいや、裸はマズいだろ！　現実には乳首というものがあってだな？」

「……それは……単行本で、加筆、だから……」

「監督、ここは現場です。事件は現場で起きてます。ホワイト修正も加筆も無理です」

「……じゃ……下着？」

「……まあ、それくらいなら――でもこの状況から服が脱げるって相当無理あるな」

現実とフィクションの違いを痛感する空《そら》に、白《しろ》。

「……にぃ、上じゃなく……下、なら」

「あ、スカートのめくりからのパンチラか！　確かにそれなら余裕で健全ですね監督っ」

と、ステフのスカートをめくろうと、空が手をかけた瞬間。

溶かされていたステフの脳に、急速に火が灯《とも》る。

――スカートの……めくり？
下着を――つまり私のショ・ー・ツ・を・見・る・と言ったんですの？

――いや、それは困る。

上はまだいい。

いや、よくはないのだろうが。

ステフのかろうじて残る理性でなく、本能が警告した。

下は駄目だ、と。

それは駄目だ。どうしても駄目だ。少なくとも今は駄目だ。

その、なんといえばいいのか。


――植え付けられた感情とはいえ。

好きな人に押し倒され胸をもみしだかれたら。

起こるべくして起こる――『生態的状況の変化』故にっ！


「――ひ――きゃぁぁぁあああぁッ!?」

その本能が、溶けていたステフの脳を突き動かした。

咄嗟《とっさ》に自分を触っていた空の腕を振り払って、突き飛ばすステフ。

「うわ――っと！」

スカートをめくるため膝《ひざ》立ちになっていた空、女性の軽い一突きでバランスを崩す。

何とか倒れまいと、立ち上がって堪《こら》えようとするも、それがさらに災いする。

倒れる距離を引き伸ばし、数歩後ろに歩ませ。

――すなわち扉まで。ステフの軽い一突きが、空を運ばせ、そして。

――ゴッ、と。鈍い音。

「いってぇ！」

頭を強打し声を上げる空《そら》。

――だがことはそこで終わらず。

――嗚呼《ああ》、安宿よ。

衝突で、安っぽい扉の金具はあっさりと開き、そのまま廊下へ倒れこむ空。

「……にぃっ」

「へっ――えっ、ちょっと――っ」

そして、空を心配する二人の声を閉ざすように。

キィイイ……という安い金属音とともに。

――パタン、と。

開かれた反動で、静かに――扉は閉まった。

■■■

――………。

一瞬、何が起こったのかわからず呆然《ぼうぜん》と佇《たたず》むステフ。

だが、自分の一突きが空を宿の廊下まで突き飛ばした事実に。

「――はっ！　そ、ソラ⁉」

初めて『男』の名前を呼んで、慌てて立ち上がる。

――胸を締め付けるような感覚と、強い不安感。

自分の行いで人を傷つけた可能性による、ただの心配だと思うことにした。

『嫌われたかもしれない』という不安からだとは――断じて認めない構えで。

そう自分に言い聞かせて、慌ててドアを開けて廊下へ飛び出す。


そこには、廊下の隅で頭を抱えて震えている空がいた。

「な――――っ！」

あんなところまで転がるような力で突き飛ばしたつもりはない。

だが、事実廊下の隅に。

「そ、ソラ⁉　だ、大丈夫ですの⁉」

〝頭を抱えている〟空がいたのだ。

ドアに頭を強打していたがまさか――と青ざめるステフ。だが――

「すみませんすみませんすみませんごめんなさいごめんなさいゆるしてください」

――どうやら頭を打ったせいではなく。

空はただ、うずくまって謝罪を連呼しているようだった。

「――はい？」

「すみませんすみませんだってもうこの機会逃したらもう一生おっぱい触るチャンスないと思ったんです僕だって男の子ですし彼女の一人くらい欲しいですし雑念も入るというかいやわかってますからそんな軽蔑《けいべつ》の目で見ないで下さいええ最低ですはい変態ですええわかってますすみませんホントすみません」

――あれだけのペテンとセクハラをして、不遜《ふそん》に佇《たたず》んでいた空《そら》が。

今更、生まれたての子羊のように震えながら謝っていた。

「……ど、どういうことですの？」

事態が全くつかめないステフ。

妹――白《しろ》に説明を求めようと、部屋を覗《のぞ》き込むと。

「…………にぃ……にぃぃ……どこぉ……しろ、ひとりに、しない…でぇ……」

――こっちはこっちでベッドの上では、兄と同じように。

膝《ひざ》を抱えて体育座りでぷるぷる震えて無表情なまま涙をこぼしていた。

「――な、なんなんですの、この兄妹」

もう、乳を揉《も》まれていたことも忘れて、ただただ呆然《ぼうぜん》とするステフ。

――……。

そう、これが『　』《くうはく》――すなわち空と白。

〝二人で一人〟のプレイヤー。

それは、単純なジャンルの得手不得手以上に。

お互い一定以上離れると――つまり。

一人ではコミュニケーションさえ出来ない対人恐怖症――

一人では、救いようのない社会不適合者だからであった。

「……にぃ……にぃ、どこぉ……」

「すみませんすみませんすみませんすみません」


そろそろお分かりいただけただろうか。

かたやニート。

かたやヒキコモリ。

七歳離れた兄妹が、同じ場にいられるのは『家だけ』だった――。

それが――その全《すべ》ての答えである。

第二章——挑戦者《チャレンジャー》

エルキア王国、首都エルキア——西部区画三番地。

マスターを脅すようにして獲得した連泊を、一泊もすること無くチェックアウトし。

兄妹は翌日の朝を、ステファニー・ドーラの家で迎えていた。

いや、正確には——その浴室で、朝を迎えていた。


「……にぃ、説明、ほしい」

裸の白が、頭を洗われながら言う。

「説明？　ギリギリ健全なら、入浴シーンなしにははじまらん、それ以上の説明が？」

「……にぃ……入浴シーンは……修正……小学生…は、完璧《かんぺき》NG……」

「安心したまえ、妹よ『湯気さん』が仕事してくれてるから、ギリで『健全』だ」

と、不自然なまでに湯気が立ち込める浴場を眺めて空《そら》が言う。

「ひょっとして、それだけのために、『大浴槽を沸騰させせろ』と言ったんですの？」

呆《あき》れた様子で、白《しろ》の髪を洗っているステフが言う。

「それだけのためとはなんだ。重要なことだろうが」

「そのために、使用人たちがどれだけ無駄に薪を燃やしてるかわかってるんですの？」

しかも沸騰している湯船には当然、入れない。

湯気を起こすのに無意味な水を使わされているわけだが……。

「それ言ったら、こんな大浴場を一人で使ってたおまえの無駄はどうなる」

「——うぅ……」

さすが元王族の血筋というべきか。

ステフは、空の想像を上回る金持ちだった。

彼女が保有する何処《どこ》かローマっぽい建築様式の屋敷は、日本しか知らない兄妹には『城』と言わても納得する大きさで、たった今使っているステフ個人の浴場も、十人は使えそうな広さだった。

同じく、ローマっぽい装飾のその浴場を、『全年齢』にすべく沸騰させた浴場は。

負け込んで滅びかけている人類の家とは思えない豪華さだった。

「まあ、スマン。妹は風呂《ふろ》嫌いでな——『十一歳の裸は十八禁でもアウト』って駄々《だだ》こねて俺《おれ》に洗わせせないし、中々風呂に入らないんだよ。ギリギリ健全ならオッケーと昨日自分で言ったのを、利用しない手はないと思ってな」

「……うぅ……にぃ、嫌い」

だいたいそのルールは、ステフに適応するもののはずでは。

と言外に抗議して言う白《しろ》。

「妹よ、おまえはちゃんとすれば、すげー美人さんなんだから、ちゃんとしろって」

「……美人じゃなくて……いい」

「兄ちゃんは美人さんの白のほうが好きだなー」

「……ううう……」

そこまで言われてもなお葛藤《かっとう》は続くのか、白が呻《うめ》く。

——別にどうでもいい。

いや、兄妹の仲の良さに多少むくれる感情があるのは事実だったが無視して。

それより、どうしても気になることがあった。


この状況だ。何故《なぜ》だ。

何故裸の白の髪を洗い、その後ろで背を向けて着衣の空がいるのか。

「——ソラ……何故私《わたくし》は、裸にされてシロの髪を洗わされてるんですの」

——いや、みなまで言うな。

ならばなぜ自分はそれを断っていないのか、は重々自責した上での質問だった。

「話を聞いてなかったか？　そうしないと白が風呂《ふろ》に入らないからだよ」

「な、じゃあ私はどうでもいいんですのッ!?」

「ん、見て欲しいの？」

「そ——そんなわけないでしょっ！　嫌がらせかと聞いてるんですのよ！」

「安心しろステフ。おまえの裸体は後で『別の手段』でしっかり確認する」

「——なっ」

言われて、真っ赤な顔で体を隠す。

一方で、自分に興味がないわけではないという空《そら》の言葉に。

あろう事か〝安堵《あんど》〟を覚えて。

頭をぶつける壁を探して周囲を見回すステフに、しかし空は悲痛に言う。

「だがしかし、今は許せ——『湯気さん』を過信は出来んのだ」

「……はい？」

「俺《おれ》も一緒に風呂に入ってドラ息子がやる気を出したり、湯気さんの活躍不足で妹を直視してしまったら十八禁どころではない、発禁になってしまうのだ」

「——は、はぁ」

意味はよくわからなかったが。

つまるところ、空には今は見る必要がないということらしかった。

それがステフの理解の限界だったのは仕方ないのだろう。

浴場に仕掛けた二つのケータイとタブレットPC。

その小さなカメラの意味を、ステフが知る由もないのだから。

——後で白《かんとく》に動画を確認して貰《もら》い、大丈夫そうなら見せて貰おう、と。

空《そら》は心に誓い、振り向きたい気持ちを抑えつけた。

■■■

「ふー……サッパリしたぁ……」

「……むぅ……髪さらさら……かゆい……」

白《しろ》が風呂《ふろ》から上がるのを待って素早く自分もシャワーを済ませた空。

久しぶりに体を洗えて清々《すがすが》しい様子の空と、対比的に不機嫌そうに応《こた》える白。

——なるほど、空が言う通り、髪を洗い丁寧に梳《と》かした白の姿は。

雪のように白く、柔らかそうな、緩やかなウェーブを描いた髪が、陶器のように白い肌を更に引き立たせ——整った丸い顔立ちと赤い瞳《ひとみ》によって、職人芸の人形のようだった。

「いつもそうしてればいいのに、勿体無《もったいな》い」

「……どうせ、にぃ以外……みせない」

だが、そういう空も、無精ヒゲを剃《そ》ってさっぱりした姿は。

なんというか。

（し、失敗しましたわ）

と、直視したステフに思わせ、鼻血を抑えることに必死にさせる程度には、その……。

初対面のゲスっぽさが抑えられ、「好青年」といえる爽《さわ》やかさだった。


が――問題は、そこではなく。

鼻血がこぼれるのを必死で我慢しながらステフ。

「ふ、ふ、二人とも――服を着なさいなぁぁッ！」

――と、きょとんとする、タオルを巻いただけの半裸兄妹に叫ぶ。

「……洗いに出せっつったのはそっちだろ。こちとら一張羅だったのに、乾いたのか？」

この世界に乾燥機があるとは思えず、そう問う空に。

「そ、そそ、それは……じゃあ別の服を用意して来ますわよっ――だ、男性用の服なんてあったかしら……う、うぅ……なんでこんな……」

ぶつぶつ言いながら、ステフはきびすを返して、服を探しにでる。


――そして十分後。

先ほどと同じ場所で、膝《ひざ》を折って頭を垂れてステフは激しく後悔していた。

（し、失敗しましたわ……っ）

「ほっほー、これが執事服——いわゆる『燕尾服《えんびふく》』って奴《やつ》かぁ……ちょっと堅苦しいけど、コスプレみたいでおもしろいなっ！　白《しろ》も似合ってるぞ、それ」

うなだれるステフの眼前には、執事の格好をした空《そら》と。

「……ひらひら、多い。動きにくい……」

ステフの幼少時のドレスに身を包んだ白がいた。


半裸の二人にあう服を探しにでたはいいものの。

男性ものの服なんて使用人の——つまり執事達の服くらいしかなく。

同じく十一歳の少女にあう服など、自分の幼い時のものくらいで。

兄妹のその姿は、高貴な出自の御令嬢《ごれいじょう》と、それに仕える執事さながらで——。


ちらりと。再度それを一瞥《いちべつ》するステフ。

肩幅が広く細身故か、妙に似合いすぎている執事風の空に、高鳴る胸と。

それを従えているとも見える妹に、締め付けられる胸に三度ステフ。

「失敗、しましたわ……」

「うん？　なにが」

「何でもありませんわよっ！」

知らず口からこぼれていた内心に焦りつつ、頭を振るステフ。

床についていた両膝《りょうひざ》を払って立ち上がるステフに。

そんな乙女の機微に気づけるなら、十八年童貞《どうてい》やってない空《そら》。

さてと、と呟《つぶや》いて。

「睡眠もとって、風呂《ふろ》にも入ってさっぱりしたことだし——ステフ」

「え、あ、はい？　な、何ですの？」

「何慌ててんだ。この家……屋敷——城？」

生まれも育ちも日本国・東京である空には、ステフの〝住処《すみか》〟を当てはめるカテゴリーが思いつかないのか、しまいには「まあ何でもいいが」と結論づけて。

「ここ、図書室とか書斎とか、なにか調べ物出来るようなとこ、ないか？」

「あ、はい……ありますけど……何をするんですの？」

「ステフたんはお耳が遠いのかな？　調・べ・物・するに決まってございましてよ？」

「そ、ソレは聞こえてますわよっ！　何を調べるのか聞いてるんですのよ！」

「何って……この世界のことに決まってるだろ」

「——〝この世界〟？」

まるで違う世界があるかのような言い方にステフが戸惑っていると。

「……にぃ、それ……言ってない」

まだパサついた髪に納得してないのか、不満げに白《しろ》が言う。

「——ん？　あれ？　そうだっけ？」

「あの……何のことか話が見えないんですけど？」

「あー、なんだ。改まるとなんて説明すりゃいいのか困るな」

こういう系のお話では、信じて貰《もら》うのがネックになるお約束イベント。

どう言えば信じて貰えるか、空は慎重に言葉を探し。

——頭をかいて、ため息ついて。

明らかに面倒くさくなった様子で。

無造作に、テキトーに言い放《はな》った。

「よーするに俺《おれ》ら『異世界人』なのよ。だからこの世界の知識が欲しいわけ」

——と。

■■■

案内された書庫——いや。

もはや高校程度の『図書館』の広さのステフの個人的な書斎。

相当数な本が壁一面、理路整然と並ぶ本棚を埋めており。

確かに調べ物にはうってつけだが——。

「……なあ、ステフよ」

「はい？　なんですの？」

空《そら》は一つ、想定外の大きな障害にぶちあたっていた。

「——この国の公用語、日本語じゃないのか？」

さっぱり読めない本を手に、空は頭を抱えて呻《うめ》いた。

「ニホンゴ？　よくわかりませんけど人類種《イマニティ》の公用語は『人類語』に決まってますわ」

「うわ……ド・シンプルな世界ですこと」

つまるところ、会話は何故《なぜ》か成り立っているのに。

本に書かれた文字は、全く読めないという問題に突き当たっていた。

「……じゃあ、ソラ達は、本当に異世界から来たんですのね」

「ああ、まあ信じて貰《もら》えないだろうけど——」

こういうのは中々信じて貰えないのが定番だ、信じて貰う気もない様子の空に。

「あ、いえ。別にそれに関しては、なんとも思いませんわ」

さらっと答えたステフに、空がきょとんとする。

「は？　なんで」

逆にきょとんとステフが返す。

「なんで、と言われても。森精種《エルフ》達が使う高度な魔法には、異世界からの召喚魔法もありますし、そんなに信じられない話でもないからですわ。第一、少なくともこの国の人じゃないのは、服や顔でわかりますし、かと言って人類種《イマニティ》にしか見えませんし……」

――そして、今や人類の国はここを残すのみ――と。

「あぁ……そっすよね～。ここファンタジー世界ですもんね～……はぁ」

大きく肩透かしを食らって、ため息をこぼす。

そして改めて読めない本に向かい合って、頭をかきむしる空。

「んー、しかし自分達で情報収集できないのは面倒だなぁ。覚えるかぁ……白《しろ》？」

「……ん」

「どうだ？」

「……ん」

空と白。

兄妹にしか伝わらない意思疎通が行われたようで。

二人は静かに本に目を落として、黙り込む。

その静寂をしり目に、ため息ついてステフ。

「……それで、私《わたくし》はどうすればいいんですの？」

今度は家庭教師でも『貢げば』いいんですの、と皮肉気味に付け加えて。

が、本から視線を外さず空《そら》が違う要求をする。

「いや。別の頼みがある」

そう言った空に、昨夜、そして今朝のことを思い出し、さっと身構えるステフ。

どんな変態チックな要求をされても驚くまいと覚悟だけは決めるステフだが——

「さしあたって幾つか質問に答えてくれないかな」

「——は……あ、はあ。それは、構いませんけど」

予想外にまともな要求に、胸をなでおろすステフに。

至って真面目《まじめ》な顔で空が言う。

「昨日さ、胸を揉《も》んでも無抵抗だったのに、スカートをめくろうとした途端突き飛ばしたのはなんで——わかったたって、真面目にやるよ冗談だって……」

ステフの射貫くような視線を受けて、再び視線を本に落として空が言う。

「んー、じゃあ『人類種《イマニティ》』って言葉、良く耳にするけど、他の『種』ってなんだ」

だが、それが心底意外な質問だったようで、ステフが問い返す。

「……ソラの世界には、人類種《イマニティ》しかいなかったんですの？」

「少なくとも意思疎通が可能だったのは『人類』だけだったかなぁ——で？」

「あ、えっと……そうですわね……」

自称通り、異世界人なら何処《どこ》から説明したものか考え、ステフが切り出す。

「まず――〝神話〟はご存知で？」

「『十の盟約』が生まれた経緯か？　噴水で楽器鳴らしてた吟遊詩人から聞こえたな」

「わかりましたわ――では――」

――こほん。

「『種』は、神が『十の盟約』を適用した知性ある【十六種族《イクシード》】を指しますの」

「イクシード……」

「【十六種族《イクシード》】は、『十の盟約』のもと、互いに対する権利侵害、殺傷、暴力、殺し合い――その一切を禁止され、その結果、世界から戦争はなくなったわけですのよ」

「……なるほど。食料はどうするのか不思議だったが――知的生命同士のみの『盟約』か」

本を読みながら、それでも話はしっかり聞いている様子の空を。

内心、器用ですこと、と感心しながらステフは続ける。

「でも、ゲームによる戦争とでも言えばいいんですの？　つまり領土取り合戦――『国盗《くにと》りギャンブル』は、今も続いているんですの」

〝国盗りギャンブル〟――同じく聞いたことのある単語に空は反応する。

「――人類種《イマニティ》の国はここ一つしかないんだったな？」

「……今は、そうですわね……別に各種族、国は一つなんて決まりはないんですけど――人類種《イマニティ》は、このエルキアが最後ですわ」

——と。そこまで聞いてから。

空《そら》はあえて、答えのわかっている疑問を提示する。

この世界と、自分たちの世界の常識を比較するために。

すなわち。

「戦争がなくなったのに何で国盗《くにと》りする。話し合いで解決出来ないのか」

「……え、えっとそれは……」

だが、言い淀《よど》むステフに代わり、妹が答える。

「……資源は有限……生物は、繁栄すれば無限……有限を無限で割れば……共倒れ」

「そ、そう。そういうことですわ！」

先に応《こた》えた妹の意見に、乗っかるようにしてステフが慌ててうなずくのを見て。

「……おまえさ、実は考えたことなかっただろ……」

妹が先に答えてしまった為《ため》に、参考にならなくなった意見に呆《あき》れてステフを見る空。

「ななな、何を言ってるんですの、そのくらいのこと！」

——まあ、生まれた時からそれが常識だった世界なら。

何故《なぜ》ゲームで奪い合うのか、疑問に思っても答えは出しにくいだろう。

「……ともあれ、やっぱそのへんは俺《おれ》らの世界と同じってことだな」

ため息ついて空。

〝戦い〟はなくなっても〝争い〟は、なくならない。

——即《すなわ》ちそれは『完全な平等』がありえないからで。

限りある椅子《いす》を譲り合うくらいなら奪い合うのが『椅子取りゲーム』だからで。

その結果『少数』の豊かさの代償に『多数』が貧乏くじを引く——

全く、自分たちの世界となにも変わらないということで……


「……で、その【十六種族《イクシード》】って具体的にどんな種族がいるんだ？」

思考をカットして、話を戻す空に。

えーと……と、覚えさせられたものを、指折り数えながら思い出すようにステフ。

「唯一神に敗れた一位の神霊種《オールドデウス》、二位の幻想種《ファンタズマ》、三位の精霊種《エレメンタル》とか——あと龍精種《ドラゴニア》や巨人種《ギガント》……森精種《エルフ》とか獣人種《ワービースト》とか——ですわね」

「……なるほど、王道的ファンタジー世界ってとこか」

途中から十六種全《すべ》てあげるのをあきらめたのか。

とかで締めくくったステフに感想をこぼし、ふと疑問を覚える空。

「なあ、その『何位』……とかってなんだ」

「え、と。私もあまりわかってないですけど、位階序列のことらしいですわ」

「——位階序列？」

「ええ、簡単にいうと魔法適性値の高さ、と聞いてますわ」

「らしいとか、聞いてるとか、曖昧《あいまい》だな随分。ステフ、ちゃんと勉強してるか？」

ニートの自分を棚にあげて言う空《そら》に、むっとした様子でステフ。

いいですわよ、と言い添えて、咳払《せきばら》い一つ。

「言っておきますけど、私《わたくし》はちゃ〜んとアカデミーまで卒業してますわよ！　位階序列についてはそもそも研究が進んでないんですの——だって人類種《イマニティ》は第十六位——つまり魔法適性値0なんですもの。研究しようにも観測出来無いんですのよ」

「……ゼロ？」

本から視線をあげて、空が問う。

「ん——？　ちょっと待て、人間は魔法使えないのか？」

「ええ。それどころか魔法の感知すら出来ませんわ」

「……なんかこう……アイテムを使えばとか、そういうのも？」

「魔法で作られたゲームを使うことは出来ますけど……それはゲームが魔法で動いているだけですし——人間が魔法を使うことは、出来ませんわ」

「——絶対？」

しつこく問いただす空に、しかしステフ、気を害した様子もなく。むしろ——

「絶対ですわ。『精霊回廊』——魔法の源に接続する回路が人類種《イマニティ》にはないんですの」

少し顔を伏せてステフ。

「だから、『国盗《くにと》りギャンブル』で負けるんじゃないですの……」

——ほう。

薄く苦笑して、空が続けて問う。

「……じゃあ逆に、一番上手《うま》く魔法を使うのは？　やっぱ一位？」

「あ、いえ。一位まで行くと、神々——存在そのものが一種の魔法で、一般的に、一番魔法を使うのが上手い、と言われているのはやっぱり第七位の『森精種《エルフ》』ですわね」

エルフ。典型的なイメージが脳裏をよぎる。

「——エルフ……エルフってアレか、耳がとんがってて、色白で？」

異世界人なのに、よく知ってますわね、という顔でステフ。

「ええ、そうですわ。現在、世界最大の国『エルヴン・ガルド』も、その魔法を駆使して大国に上り詰めているわけですし、魔法と言えば、森精種《エルフ》の代名詞ですわね」

——ふむ、と呟《つぶや》いて。

顎《あご》に手をあてて、これ以上ないほど真剣な眼差しで虚空を見て考えふける空。

「——っ」

燕尾服《えんびふく》で、身なりを整えたその真剣な横顔に高鳴る心臓を。

（錯覚錯覚錯覚——植えつけられた感情ですわ）

と呪詛《じゅそ》のように心の中でステフが唱えている間に、考えがまとまったらしい空。

何かを探るように、言葉を選んで、問う。

「……魔法を使えない種族の……〝大国〟はないのか？」

「え、あ、いえ、たとえば十四位の獣人種《ワービースト》は、魔法を使えないですわね……」

しどろもどろになりながらも、何とか応《こた》えるステフ。

「そのかわり、桁《けた》はずれた五感で魔法の気配や、人の感情を読みとるそうですわ。東南の大海洋の島々を併合した獣人種《ワービースト》の国「東部連合」は、今や世界第三位の大国ですけど——」

苦々しく、腕に添えた手に無意識に力を込めて、ステフが続ける。

「……魔法そのものは使えなくても、人類種《イマニティ》が及ばないような能力で『エルヴン・ガルド』を——圧倒は出来ないまでも、拮抗《きっこう》してる種族、国は確かにありますわ。でも逆に言えばそれは全《すべ》て、人類種《イマニティ》からみれば『超能力』や『超感覚』の類を使ってのことですわ」

「——へぇ。なるほどな」

人間は魔法を使えないし、使われたことすら気づけない。

一方的に、見破れないイカサマを使われては、勝ち目はあるまい。

——とでも思ってるなら、そりゃ負けるだろうよ。

「なるほど、そういうことか」

と、空《そら》が合点が行った様子で深くうなずくのとほぼ同時。

「……にぃ——おぼえた」

という、白《しろ》の声が響いた。

「お、さすが」

「……もっと、ほめる……」

「おう、当然だとも。さすが俺《おれ》の自慢の妹、天才少女めっ！　このこのっ」

立ち上がって白の頭をくしゃくしゃになで回す空に、猫のように目を細める白。

——それを、意味が分からず呆然《ぼうぜん》と眺めるステフが呟《つぶや》く。

「……え？　何を、おぼえたんですの？」

「なにって、人類語だろ」

きょとんとした顔でステフに視線を向けて、さらっと言ってのける空。

「しっかし、マジさすがだな。俺もうちょいかかりそうだわ」

「……にぃ、遅い」

「ふふふ、男は早いより遅い方がいいんだぞ？」

「…………にぃ、小さい」

「ち、ちちちち小さくないわ!!　な、何を根拠に————ステフ、どうした？」

唖然《あぜん》と、二人のやり取りを眺めていたステフ。

声を裏返して、言う。

「あの……聞き間違いですの？　言語を一つ覚えた——って言ったんですの？」

「うん？　そうだけど？」

「……こくっ」

「――この、短時間で？　冗談ですわよね？」

ひきつった顔で再度確認をとるステフに、こともなげに空《そら》が答える。

「別に驚くことじゃないだろ。こうして喋《しゃべ》れる程度には文法も単語も全く同じなんだ。だったら文字さえ覚えれば終わりだろ」

「……それを……まだ覚えられない、にぃ」

「十数分で覚えるお前が早すぎるの。兄ちゃんお前ほど頭良くないんだ、あと一時間は欲しいわい。それよりさ、これなんて読むよ。この記号の法則性が掴《つか》めなくてさ――」

「……それ、は日本語、じゃなく……ラテン語系の文法、で読めば……」

「いや、その線は考えたんだけど、すると文法的に述語の位置がおかしいだろ」

「……漢、文……」

「え、記述だけ倒置前提かよっ　ややっこし――あ、でも確かに成立する」

「……にぃ、もっと言葉、おぼえる……」

「十八カ国語の古文まで出来るおまえが特別なんです～ぅっ。一般ピーポーな兄ちゃんは六カ国語も出来ればゲームやるには困らないから問題ないんですぅ」

――そのやりとりを、信じられないものを見る目でステフ。

だが、兄妹は特に気にする様子もない。
当たり前のことのように、さらりと言っている二人だが。
言葉が同じ、会話が出来る、文字を覚えるだけ。
なるほど羅列すれば、いかにも簡単そうに見えることだろうか。
だが彼らは、そこに重大な事実を織り込んでいない自覚は、あるだろうか。
即《すなわ》ち——。

〝誰《だれ》にも教わらず〟それをやるのは、『学習』ではなく『解読』だと。

それを、こんな短時間でやってのけ、誇りもしない。
（か、彼らの世界では——これが普通なんですの？）
もはや己《おのれ》の理解を完全に逸した生き物二人。
異世界人の兄妹を見るステフは、背中に寒気が奔《はし》るのを。
だが同時に、胸のあたりにはうっすらと熱がこもり出すのを感じていた。
……ひょっとして。
もしかして自分は。
とてつもない人達に出会ってしまったのではないか。

それこそ——この国を変えてしまいかねない人達と。

「——ん？　どした？」

ステフの視線に気づいたのか、振り返る空《そら》にステフの鼓動が跳ね上がる。

「え、あ、いえ、その——ちょっと、お茶を、淹《い》れてきますわね」

言ってそそくさと図書館を出て行くステフは、ほんのり耳が赤い気がした。

それを訝《いぶか》しげに見送って空が言う。

「……なんだありゃ」

だがその様子に目も向けず、相変わらず本を読みながら白《しろ》。

「……にぃ、女心……わかって……ない」

「——わかれば十八年童貞《どうてい》やってません。つか今のやりとりに女心関係あったか？」

十一歳の妹に乙女心を説教される十八歳男子の図。

男は女より精神的な成熟が遅いと言われるが……。

少なくともこの場に限ればそれは事実のようだった。

「……人の心、読むの……しろより、得意なのに……ね」

ぼそぼそ言う白に、だがむしろ誇らしげに言い切る空。

「それをゲームに反映させることと、気遣いが出来ることは全く別問題だからな」

いわば女というのは——いや〝人間というのは〟……そう。

毎秒数万の、時間制限付きの選択肢が浮かぶギャルゲーと同じだ。

そんな無理ゲー、出来るわけがないのは自明の理ではないか。


――が、今はそんなことはどうでもいい。


「よしっ……」

妹のアシストによってようやく人類語を読めるようになった空。

本を一冊読み切れたのを確認し。

パタン、とハードカバーの本を閉じる。

そして、真剣な顔で、顔の前で手を組み。

「さて――白」

「……ん」

「もう気づいてるよな」

「……うん」

兄妹が、二人しかわからない言葉を交わし。

兄は珍しく自信なさげに、問う。

「――どう思う？」

だが、白はただ目を閉じて、答える。

「……しろは――にぃに……ついてく」

わずかに目を開いて、いつもの無表情で、淡々と。
「……約束通り――どこへ、でも」

――約束、か。

親父《おやじ》の再婚相手が連れてきた『妹』――白《しろ》。
生まれつき頭が良すぎた妹と。
生まれつき頭が悪すぎた兄。
歪《いびつ》すぎた故に本物の兄妹より兄妹らしく噛《か》み合った二人は。
やがてその両親にさえ見捨てられて。
友もなく味方もいなくなった二人は、ある約束を交わした。
――出来すぎる故に、他人《ひと》を理解出来ない妹。
――出来なすぎる故に、他人《ひと》の顔色を読めすぎた兄。
お互いを補完し合う為《ため》、当時十歳の『兄』が出した提案に。
当時三歳にして多言語を操った『妹』は、頷《うなず》いて指切りをした。
そんな『妹』の頭を撫《な》でる。
あれから八年――。

こんな自分について来てくれると言った妹——白を。

だが結局、部屋から連れ出すことも出来なかった兄——空《そら》に。

後悔がないかと言われれば、それは。


「ま——〝アッチの世界〟よりは、楽しいとこに連れてってやれるか?」

遠く地平線の彼方《かなた》に見えるチェスのコマを見て。

空はケータイを取り出し、タスクスケジューラーを起動させた。

■■■

コポコポと沸くお湯を凝視するステフ。

茶葉を蒸す時間は当然ながら、茶を淹《い》れる時は湯の温度が重要だ。

お茶菓子は先日作ったパンケーキ。

砂糖が人類の領土で取れなくなって久しい今、茶菓子としては物足りないが。

その分、シナモンなどの香料で作った、自信作だった。

——ティーセットと、カットしたパンケーキを載せた小皿をトレイに載せて。

「……よし、たぶんこれでいいはずですわ」

一仕事終えた達成感に、ふぅと額を拭《ぬぐ》うステフに。

「あのお嬢様」と。

ずっと声をかけるタイミングを計っていたらしい、メイド達が声をかける。

「あら、どうしたんですの？」

「いえ……失礼ながら、お嬢様こそ、どうかなされたので？」

「……ほんとに失礼ですわね。なんですの突然」

「いやその……申し付けてくだされば、私ども、メイドがお茶もお茶菓子もご用意致しますのに、無言でご自分で淹《い》れはじめるものですから……しかもそんなに頑張って……」


――……………。


あれ？

そういえば、なんで自分がお茶を淹れなきゃいけないのか？

と、その疑問に至ったステフの脳裏に。あるイメージが過ぎる。

『お。美味《おい》しいな。ステフ家庭的なことも出来るのか』

という、ティーカップ片手に笑顔の、空《そら》。


――………ぼっ、と。

顔に血が上る感覚に。

「――あぁぁぁあああッもぉぉぉぉおおお!!」

叫んで壁に頭を打ち付けるステフ。

「なんでお手製のお茶菓子で家庭的な面もある、とかアピールしようとしてるんですのよ私《わたくし》わっ！　あんな男、そこの水と――あと石か草でいいじゃないですのよっ！」

「お、お嬢様っ！　お気を確かに!!」

「メ、メイド長！　お、お嬢様がっお嬢様がお気をお触れに――！」

ゴスゴスと鈍い音を響かせるステフの額を止めるべく、メイド達が狂乱に落ちる。

■■■

「……はぁ～……」

ため息ついて廊下を歩くステフの手には、銀のトレイ。

その上には、二人分の――つまり兄妹の為《ため》のティーセットと、お茶菓子。

結局感情に勝てず、自分で淹れたものを持ってきてしまったことに再度ため息。

自己嫌悪、だが同時に、美味しいと言って貰《もら》えたら、と思うと――

「……期待してる自分がいるのも否定出来ないんですのよね……はぁ」

だが。

ぴたりと歩みを止めて、ステフ。

「ちょっと、待ちなさいステファニー。異世界人の口に、合う味ですの？　これ」

確かにステフはお茶も、料理の腕も自信があった。

だが、相手は異世界からの来訪者である。

「あ――しまっ――」

再び、脳裏をよぎるイメージ。

『うげ、ごめん、俺《おれ》コレ、パス』

顔をしかめてそういう空《そら》。

「あぁぁぁ………ま、まずいですわっそれじゃ『メイドが淹《い》れたものだから』という逃げ道もなくなるじゃないですの――って、何の逃げ道なんですのよッ！　別にどう思われようがどうでも――よくないですわ！　あぁぁんもう……これ、呪《のろ》いですわ……」

もう混乱しすぎて収拾がつかなくなっているステフ。

深呼吸して、思考整理という名の、言い訳を組み立てる。

「そ、そうですわ。散々馬鹿《ばか》扱いされてるんですもの、この上お茶の一つ、お菓子一つも作れないと思われたんじゃ、ドーラの家名が廃りますわ。これは間違いなく美味《おい》しいですわ、口に合わないなら文化の違いであって――つまりこれは断じて――その」

ブツブツと。

言い訳を呟《つぶや》きながら、両手が塞《ふさ》がった状態で。

書物庫の扉を苦労して開けて、戻るステフ。

「――あれ？」

――が、見渡したそこに、先ほどまでいた兄妹の姿はない。

見回すと、部屋の二階。

階段を登った先、ベランダに続く扉が開かれ、風にカーテンが揺れていた。


ベランダに出るステフ……そこに兄妹《ふたり》はいた。

執事服の兄は、ベランダの手すりから身を乗り出すようにケータイで街を撮影し。

白髪の令嬢を思わせる妹は――その兄の足を背もたれに、本を読んでいた。

――まるで、離れたら死ぬとでも言うように、違和感のない二人一組。

絵になりすぎる光景――関係性に。

少なからず胸が締めつけられる感覚を覚えたが、気のせいと言い聞かせるステフに。

「……街、盛り上がってるな」

と、空が外の喧騒《けんそう》を眺めながら、声をかける。

「――そう、ですわね。まだ国王選定のギャンブル大会は、続いてますもの」

答え、ベランダのテーブルにトレイを置き、ティーカップにお茶を注ぐ。

「……その……お茶、ですわ」

「お、サンキュ」

「妹さんも」

「……ん」

お茶を一口含んで、再び街を眺める空《そら》。

最初の印象──『典型的なファンタジー世界』の街並み──とは、少し違った。

──街は、戦争が禁止され、壊されないからだろうか。

ローマ建築、古典建築、バロック建築と似た建物が混在していた。

街路は舗装されているものの、走るのは馬車で、遠く港には三本マストの帆船。

蒸気機関すら発明されていないと見える。

更に遠く見える山に作られた段々畑は、都市の様式と比べてすら古い農作法だった。

──戦争をしない反動がここに出ているのだろう。

戦争は『化学』を加速させ、肥料や燃料に依存する技術を躍進させる皮肉な面を持つ。

そもそも、ステフの図書館で眺めた本はほとんどが手書き──つまり写本だった。

活版印刷すら、発明されていないのか、普及していないのか。

「ルネサンス中期のヨーロッパ、か。工業革命で空が汚れる前の……綺麗《きれい》な街だ」

「……ストラテジーゲーム……丸引用……乙」

──だが、と空は思う。

神話によれば、星を焦土と化した大戦は、数千年前というレベルですらない。

『盟約』が交わされてからすら、数千年が経過しているという。

魔法が一切使えない〝人類種《イマニティ》〟が。

つまり自分達の元いた世界と対等な条件の〝人間〟が。

数千年かけて、十五世紀初頭の自分たちの世界の水準に留《とど》まっているなら。

——魔法なんてインチキが使える種族の文明は今、いったいどうなっているのか。


ふと、空が問う。

「なぁステフ——おまえ、何故《なぜ》王になりたかった？」

「——はい？」

「王族じゃなくなるから、必死だって噂《うわさ》は聞いたが」

宿を兼ねた酒場の外で聞いた話を思い出して問う。が。

「——それは別に、どうでもいいですわよ」

——所詮《しょせん》、噂は噂だ。一笑に付されて流される。

空の隣に並んで、ベランダから身を乗り出して、街並みを眺める。

「……この国——エルキアも、そこそこ大きな国だったんですのよ？」

遠くを——過去を見るような目で、そう言う。

「昔、人類種《イマニティ》の国は世界にいくつかあって。その中でも最大の国だったんですの」

少し誇らしげに、しかし、皮肉のように続ける。

「『十の盟約』以後、負け続けの人類種《イマニティ》の『最後の国』になれる程度には――ね」

「………」

「盛り上がってるように見えまして？　でも……もうエルキアは破綻《はたん》してるんですの」

再び街の喧騒《けんそう》を、しかし今度は、哀《かな》しそうに眺めて。

その視線を追って、想像はつく、と空《そら》。


領土を失い、狭い国土に過大な人口。

資源・食糧の不足は経済的な行き詰まりを産み。

食料を作ろうにも土地がなければ、生産物がなく生産物がなければ職がない。

『十の盟約』のおかげで治安こそ安定するだろうが、

――この世界に来てすぐ。自分達を襲った盗賊を思い出す。

兄は崖《がけ》の方向を見据え。

足にもたれかかって本を読んでいた妹もまた、視線をステフに向ける。

「前国王――私《わたくし》の御爺様《おじいさま》が国盗《くにと》りギャンブルで負け、今の首都を残すのみまで追いやらせたのは事実ですわ。でも元々人類種《イマニティ》はとっくに負け込んで、ジリ貧だったんですの……」

手すりを握りしめ、歯を噛《か》み締めるようにステフが言う。

「愚王と罵《ののし》られ、それでも国を救おうとした御爺様は、間違ってなかったですわ――っ」

――国土を取り戻さなければ、どのみち人類は長くはない。

座して滅びを待つなら、死中に活を見出《みいだ》そうとした――か。

「私は――このエルキアを、救いたかった……」

そしてステフ、涙が溢《あふ》れるのをこらえるように。

「そして御爺様が間違ってなかったと証明したかった――人類種《イマニティ》が生きていくには……攻勢に出てでも領土を取り返さなきゃ、近いうちに、本当に滅びますわ」

――沈痛な顔でそう絞り出すステフに。

相変わらずの無関心そうな顔で、白《しろ》が問う。

「……ステフ……この国、世界……好き？」


「ええっ――もちろんですわ！」

――涙まじりの笑顔で。

そう即答したステフに。

しかし兄妹は、対照的にうつむく。

「……いい、な……」

「……ああ、そう言い切れるのは、ホントに羨《うらや》ましいよ」

だが――兄は静かな声で、しかし問答無用に。

ステファニー・ドーラの、その希望を切り捨てる。

「だがその願いは叶わない」

「——なっ……」

「更に、悪いが——」

絶句するステフにすかさず、追撃を加える。

「お前の爺《じい》さんは——今際の際で最悪の愚王だったと言わざるを得ない」

——…………。

ひどく長い沈黙を破って、絞り出すようにステフが口を開いた。

「——どう、してそう……思うん、ですの」

唇を噛《か》んで、握った拳《こぶし》に爪《つめ》が刺さるのを感じるステフ。

……この世界で暴力が禁止されていなければ、その質問の代わりに、平手が空《そら》の頬《ほお》に飛んでいたであろう、確かな怒りを込めて、言葉を紡ぐ。

惚《ほ》れた相手——いや。

惚れさせられた相手だろうと許せる暴言ではなかった。

だがその問いに、ため息ついて、空はケータイで撮影した写真をスライドさせる。

十五世紀のヨーロッパを思わせるような、街並み。

戦争がない故に、古い建築と、新しい建築が入り交じる、美しい街だ。
だからこそ――惜しい。

「このままじゃ――この国は滅びる。次の国王が決まると同時に」

まったく想定していなかった言葉に。
ステフが、困惑より、ヒステリーに近い声で反論する。
「ど、どうしてですのっ！　そうさせないための新国王選定――」
呆《あき》れ気味に空と白《しろ》、二人頭上を見上げる。
自分達の知る灰色ではない、原色のインクをこぼしたように青い天上。
――そして二人、この世界に来た時のこと。
〝神様〟が言ったことを、思いだす。
全《すべ》てが単純なゲームで決まる、盤上の世界「ディスボード」。
俺《おれ》の――
しろの――
――夢見た世界。
――生まれ直した――世界。
「……ステフ、このギャンブル大会は、いつまで続く」

まだ納得いく解答を貰《もら》ってないことに不満げに、しかし答えるステフ。

「――今日が、最終日ですわ」

ベランダから東に視線を移して、見えた城らしき場所を眺めて。

「夕刻、王の広間で最後の対戦が行われて、勝ち残った人に誰《だれ》も異議を唱えなければ、その方が新しい王になりますわ……それがどうしたんですの？」

――パタン、と本を閉じて、立ち上がる妹。

大きく伸びをして、頰《ほお》を叩《たた》く兄。

「――うっし！　なぁ妹よ」

「……ん」

「兄ちゃんが何をしようと、ついて来てくれるか」

「うん」

「即答だなぁ。こっちは結構覚悟固めるのに――」

「……嘘《うそ》」

「ん？」

「……にぃ、たのし…そう」

いつものように無表情に。

だが、兄にだけ分かる程度の、笑顔を浮かべていう妹に。

「――ははっ、やっぱわかる？」

言うや、二人踵《きびす》を返して、歩き出す。

「ちょ、ど、何処《どこ》行くんですの⁉」

「王城」

「――へ？」

即答した空《そら》の意図を汲《く》みかねて、ステフが間の抜けた声を上げる。

だが、そんなのお構いなしに、続ける。

「おまえの爺さんが正しかったと証明しに行くぞ」

「――――え？」

慌ててついて来るステフの気配を背後に感じながら。

ケータイに入力した、タスクスケジューラーの項目を確認する空。

――『目標』――とりあえず王様になってみる。

苦笑してポケットにケータイをしまって、空が言う。

「せっかく生まれ直した世界、いきなり住む場所なくなっちゃ、困るしな」

「……こくこく」

「ちょいと、王様になって、領土取り戻して来るか」

——聞き間違いだろうか、と。

ステファニー・ドーラは、聞こえた言葉を反芻《はんすう》させて確認した。

そして、聞き間違いではないと確認し終わると、その男の背中を見た。

ちょっと近所に買い物へ行くかのような軽いノリの。

だが、確定事項を確認しに行くかのような、不遜《ふそん》な自信と信頼感に満ちた——

・・・・人類の領土奪還を宣言した、男の背中を。

「——あ」

自分でも忘れていた様子のステファに、空。

「あ、そうだ」

空《そら》がベランダのテーブルに置いたままだったお茶菓子をつまみ、頬張《ほおば》る。

「ん、美味い。お茶もお菓子も、美味かったぞ。サンキュ」

振り向いて、笑顔でそう言った空に。

高鳴った鼓動が、はたして「盟約」のせいなのか。

ステフには、もはやわからなくなりつつあった。

第三章――熟練者《エキスパート》

夕刻――エルキア王城・大広間。
国王選定の最終戦が終わったと思わしきその場には。
玉座の前に小さなテーブルと、対になった椅子《いす》。
そこに一人腰掛ける人物を、つめかけた観衆が囲むように広間を埋めていた。
――テーブルについて、無表情に腕を組むのは、葬式のような黒いベールに黒い服、何《ど》
処《こ》か死人を思わせる無気力な表情の、長い黒髪の少女――。
そう……酒場でステフをイカサマで下した――あの少女。

高官らしき衣装に身を包んだ老人が言う。

「――さて、この者――クラミー・ツェルが選定の闘いを、最後まで勝ち抜いたわけであるが……彼女に挑む者は、もうおらぬか？」

広間はざわつくだけで、挑もうとする者はいないようだった。

それもそのはず――ここまで全戦全勝している少女――クラミーに。

今更勝てると思える者など、もはやいるはずもなかった。

その事実に目を閉じ、無表情な顔に一層深い無感動な陰を落とすクラミー。

その様子に、老人。

「――では、前国王の遺言に従いクラミー様を――エルキア新国王として戴冠《たいかん》する。異議のあるものは申し立てよ、さもなくば沈黙をもって之《これ》を――」


「あ、はいはーい！　異議あり！　ありありでーす！」


その言葉を遮り、響き渡った声に、黒髪の少女――クラミーの目が開く。

ざわつく広間の視線が、一斉に声の方へ振り返ると。

一人の執事と、白く長い髪の少女――空《そら》と白《しろ》の二人が手を挙げて立っていた。

「はいはい。俺《おれ》ら、異議あるの、俺ら二人でーす」

「……ん」

「……だれ？」

無表情に二人を眺めるクラミーの視線が、二人の後ろに行き着く。

「――ステファニー・ドーラの、従者？」

と、二人の背後にいたステフの肩がビクッと跳ねる。

それを無感動に、だが僅《わず》かにあざけるように。

「――自分が私に負けて選定の資格を失ったから、使用人を送り込んで来たの？　まったく、未練がましい上に見苦しいこと……」

そう、軽蔑《けいべつ》の色を隠そうともせず言うクラミーに。

だがヘラヘラと歩み寄って空が言う。

「あはは、ソレ、おまえが言えた立場じゃねぇでしょ」

「――どういう意味かしら」

「いやさ、ホントは国王の座とか、めんどくさそうだし実は興味ないんだけどさ」

頭をかいて、事実めんどくさそうに言う空に、目を細めるクラミー。

「……じゃあ消えてくれる？　ここ、子連れで遊びに来る場じゃないの」

笑って空――「でもさぁ」と、視線を鋭くして。

「『他国の力を借りてるペテン師』に玉座を渡していい場でもねぇっしょ？」

その一言に、ざわつく城内。

――他国の力？――なんのことだ？　などと聞こえる声を無視して。

空が、白にしか聞こえない声で問う。

「――いたか？」

白の手には、昨日空が、酒場の中を撮影したケータイ。

その画面に表示された写真の中と、この広間の両方にいる者を、白が答える。

「……四人」

「その中で——耳を隠してる奴《やつ》は?」

「……一人」

「ビンゴ。タイミング合わせて指さしてくれ」

「……ん」

そう示し合わせる兄妹にステフ。

「ちょっ……ど、どういうことですの? 他国の力って?」

ぼそぼそと空《そら》に耳打ちしてくるステフに、空、呆《あき》れた様子で答える。

「まだわかんないの? いいか、例えばだぞ? 例えば——」

そして大声で。

「例えばエルフと結託して魔法で優勝した奴を王にしたら、この国は終わりだろ!」

城内のザワつきが、ついに恐怖を伴ったものに変わる。

その様子を眺めて、本当に誰《だれ》も気づいていなかったのか、と空。

「……まあ、こんな大それた欠陥に気づかないなら、人類が負け込むの当然だけど」

「——ねぇ、あなた」

と……すっと立ち上がったクラミーが、空に向かって歩み寄る。

ベールで隠れ一層感情を感じられない顔に、奇妙な威圧感を伴って。

「私が魔法でイカサマしてる、とでも言いたいの？」

「やだなー『例えば』って聞こえなかったぁ？　それとも心当たりでもぉ？」

だが、そんな威圧感など何処《どこ》吹く風か。

飄々《ひょうひょう》と受け流しての、空の明らかな挑発。だが絶対の自信があるのだろう。

「——いいわ。異議があるなら、ご希望通り勝負しましょ？」

「は～い、そうして貰《もら》えると助かります～♪　でも——」

そう言ってトランプを取り出そうとするクラミーを遮って空。


「ポーカー勝負なら——そこの協力者、追い出した方がいいよ？」


そう、笑顔で言う空に応《こた》えるように、白《しろ》が指さす。

ザワつきが波打ったように静まり、視線がその指さす先に集まる。

クラミーと——指さされた男が、同時に顔を僅《わず》かに引き攣《つ》らせた。

その僅かな変化——それが図星だと空に読ませるには十分すぎた。

「——何のことかしら」

「あ、そ？　なら誰か、そこのヤツの帽子取ってくれる？」

一歩下がる指さされた男、だがその場にいた観衆がおもむろにその帽子を剥《は》がす。

飛び出す、二つの耳。

――ファンタジーものでよく見る――そう、エルフのように、長い耳。
こ、こいつ森精種《エルフ》じゃねぇか！
ざわざわ
おいおい……じゃあ、ホントにあいつの言う通り――
ざわざわ
あのアマ、魔法でイカサマしてたのかっ⁉

「ねぇねぇクールビューティ気取りのペテン師さん、お友達助けないの？」

そうおちょくる空《そら》に、だがクラミーは表情を変えず。

「――何度も言わせないで、何のことかわからないわ」

「あ・そ、じゃー追い出しても問題ないよね？」

ニッコリ笑って、エルフの男を外に追い出すように、しっしっと手を払う空。

そして改めてクラミーと向き合い、もう一つの――白《しろ》のケータイを取り出す。

「さて、じゃあさっそくポーカー、やろっか？」

ケータイのアプリを立ち上げたりして弄《もてあそ》びながら、笑顔で言う空に。

――数秒の沈黙。

そしてクラミー、無表情なまま、目を閉じて言う。

「——なるほど、適当な森精種《エルフ》と結託して、私を、魔法を使ってた〝人類の敵〟に仕立て上げようって算段……ってとこかしら」

「へー、悪くない言い訳を思いつくね。それとも、準備してあった？」

だが、更に挑発する空に、クラミー。

「——でも、それならこっちにもプライドがあるわ」

相変わらず何も窺えない無表情で、しかしベール越しにも空を射殺す鋭い目で。

「お望み通り、そちらの森精種《エルフ》は何処《どこ》へでもご自由に。そして——イカサマなど介入する余地のない、実力を証明するのに最適なゲームで勝負しましょう」

だがその視線、提案を想定通りとばかりに、空はヘラヘラと笑って返す。

「いいよ～『十の盟約』その五、ゲーム内容は、挑まれたほうが決定権を有する——まあ、どうしてここでポーカーを辞退したのか、あえて追及はしないであげる俺《おれ》ってば優し♥」

そう言って、ケータイのカメラをクラミーに向けて、パシャリと撮影する。

「んー、おたく写真写り悪いよ？　もうちょい笑ったほうが可愛《かわい》いよ」

そういって、画面に映った写真を見せる空。

射殺すように向けられたクラミーの視線を、逆に覗《のぞ》き込む空の瞳《ひとみ》。

——全《すべ》てを見通すような瞳に覗き込まれ。

クラミーは、僅《わず》かに寒気が走るのを感じた――。

■■■

実力を証明するのに最適なゲームとやらを、家から持ってくるというクラミー。
しばらく待っているよう言って、城を去った。
一方、空《そら》達も城の中庭で夕日を浴びて待つことにしていた。
ベンチに座って、空と白《しろ》、二人ケータイをいじりながら待っていると。
キョロキョロと。
周囲に誰《だれ》もいないのを確認して、ステフが満を持した様子で、空に問う。
「――じゃ、じゃあ、私《わたくし》、彼女に魔法を使われたんですの!?」
「……おま、声、でけぇ」
何のために場所を移したかわかっていない様子のステフ。
――だが、自分が負けたイカサマの真実を、ようやく知らされたのだ。
ましてソレが魔法によるイカサマだったと知れば気持ちはわからなくもない。
しかし空は別のことを考え、上の空気味に答える。

「ああ、そうだ……正確にはあの森精種《エルフ》の協力者に、かな」

「ど、どんな魔法なんですの？」

どんな魔法を使われたのか。

また、ただの人間である空がどのようにソレを見破ったのか。

それに二人が操作しているものも気になる。

異世界の道具——もしやアレが魔法を検知できるのだろうか？

期待の眼差しで解答を待つステフに、しかし返された答えは。


「さぁ？　サッパリだ」


——という、あまりに期待外れの解答だった。

あっけにとられ絶句するステフを他所《よそ》に、空は淡々と答える。

「イカサマしてるのは確実だ。酒場でお前を相手にしてたあいつを見たが、手札の揃《そろ》え方が明らかに作為的だった。俺《おれ》も、白もすぐ気づいた」

「……しろが、きづいた」

「細かいな妹よ……まあいいけど」

——昨日、宿屋の一階の酒場。

ステフとクラミーがポーカーで勝負していたその外で。

奇《く》しくも全く同じくポーカーで、イカサマした空《そら》が断言を以てそう言い切る。

だが——。

「でもどうやってんのかなんて、わかるわけねぇ。魔法なんてサッパリだもんよ」

「…………」

あっけらかんと応《こた》える空に、口を半開きにして、固まるステフ。

「いやー魔法ってすげぇな。『記憶改竄《かいざん》』とか『伏せ札書き換え』だったら証明しようもないし、勝ち目もねぇ。人間には感知出来ないってんなら察知すら不可能と来た」

「——ちょ」

と、ようやく金縛りから復活したらしいステフが、頭を振って問い詰める。

「ちょっと待ちなさいな、そんなのどうやって勝つんですのよ！」

「は？　勝てるわけねぇだろ」

サラっと断言する空に、再び絶句させられるステフ。

「そんなん相手に出来るかよ。やれば『必敗』——万に一つも勝機はない」

だが、ステフが再び復活して叫ぶ前に、更に言い添える。

「だから、ソレを避けたんだろうが」

「——え？」

すっと姿勢をステフに向かうように正して、空が言う。

「いいか、出来る限り簡単に説明するぞ」

「え、ええ……」

「まず、この総当たりの国王選定。優勝した奴《やつ》が人類種《イマニティ》の代表になるわけだ」

「ええ……」

「だがその案は欠陥だ。他国の介入の余地があるんだからな」

「——ええ。そう、ですわね……」

指摘されるまで、それに気づかなかった一人として悔しく目をそらすステフ。


——そう、この無条件の総当たり戦という選定法。

人間には感知出来ないイカサマで、他国が誰かを優勝させれば傀儡政府の完成だ。

人類に勝ちの目はなくなり、確実に滅びることになる。

まったくスキだらけの、思いつき以下の愚の骨頂だ。

「——つまりコレは個人戦じゃない。国家戦、外交戦だ。オーケー？」
「え、ええ……理解しましたわ」
「さて、森精種《エルフ》、だっけ？　あいつらはそうして傀儡《かいらい》人形の王を作ろうとしてるわけだが
——その程度の発想に思い至るのが、まさか森精種《エルフ》だけとでも思ってないよな？」

「──そ、それは……」

「他の国も同じ事を考えたはずだ。実行したかはさておき、可能性は高い」

なら──。

「それを逆手にとって〝俺もその一人〟だと思わせればいい」

ケータイを手で遊ばせながら、空《そら》が悪戯《いたずら》気に笑う。

「人類が持ってるはずのない装置を持ちまるでそれでエルフの魔法を見破ったように見せた相手に、分かりやすい魔法を使えばその瞬間不正を暴かれて失格のリスクを抱え込む。しかも当の術者は疑惑をかけて追い出したわけだから──」

「じゃ、じゃあ──イカサマなしの対戦に持ち込めるということですのね！」

ぱぁっと笑顔になるステフに、だが呆《あき》れた目で肩を落として空が答える。

「──おまえさ、どこまで頭、お花畑なんだよ」

「なっ、なんでなじられるんですの⁉」

「話、聞いてたか？　他の国が介入してくることは、想定の範囲内なんだよ。つまり俺みたいな奴が現れることまで織り込み済みと考えるのが自然だろ」

「あ……」

そして、本来考えていた場所へ思考を戻して、考える空。

「——敵は用意してるはずだ。この状況でも有利に運べるイカサマを、な」

……と。

ふと、ステフの言葉に、思い当たる空。

「ステフ、人類種《イマニティ》は魔法は使えないが『魔法を込めたゲーム』は使えると言ったな」

「え、ええ……」

ふむ……と考え事に答えが出たように、すっきりした表情で空。

「『森精種《エルフ》は最も上手《うま》く魔法を使える』とも言ったな。魔法を検出する技術がある他国との勝負を想定に入れ、より複雑で、暴くことの出来ないイカサマ魔法を仕込んだゲームを用意してあるはずだ——恐らく『ソレ』を取りに行ったんだろう」

だが、その言葉に表情を曇らせるステフ。

「……そ、そんな、それじゃ余計事態は悪化してるじゃないですの」

「——は？　なんで？」

「え？　だってより複雑なイカサマ魔法って——」

本日何度目のだろう、ため息をついて空。

「あのな——生粋のただの人間である俺らには、『記憶改竄《かいざん》』とか『視覚閲覧』みたいな直接干渉する単純な魔法こそ最大の脅威なんだよ。気づくことが出来ないからな。だがそうじゃない国との対戦を前提としているゲームなら、それらは使えない」

つまり〝表面上〟対等に見えるゲーム。

だが実際には自分達が圧倒的有利な仕込みをしているゲーム。

しかも察知されない——つまり相手に直接は干渉しないゲームということ。

確かに、絶対的に有利なイカサマは仕込むだろう。

だがステフが仕掛けられたポーカーのような『必勝』の手ではなくなる。

それを持ち出させる為のブラフ。

その為のケータイ。

今のところ、全《すべ》て上手《うま》く行っているわけだ。


「……で、でも」

と、何とか理解出来たらしいステフが、初めて的確な意見を言う。

「それでも——こっちが『圧倒的不利』には変わらないじゃないですの」

「ああ、そうだな。それが何か問題か？」

だが、空《そら》は平然と応《こた》え、ベンチに座っていた白《しろ》を抱き寄せ、言う。

「原理的に勝てないゲームでさえなければ『　　』《くうはく》に敗北の二文字はない」

「……ん」

ケータイで最高難易度の将棋《しょうぎ》アプリをたった今、完封した白が同意して頷《うなず》く。

……——と。

白が何かに反応して振り向く。

近づいてくる人影——それがクラミーだと気づくのに、かなりの時間を要した。

「……やべぇな、今の会話聞かれてねぇだろうな」

白にしか聞こえない声で呟《つぶや》く空に、白が頷く。

——大丈夫、とでも言いたげに。

それを証明するように、開口一番、クラミーが言う。


「——単刀直入に聞くわ。あなた達、何処の間者？」

内心胸をなで下ろす空。しかし態度には出さず、へらへらと応じる。

「あ、はい、実は僕達某国の——って、答えるとでも思ってんの？　バカなの？」

「——この国は渡さないわ」

「知ってましてよぉ？　だってぇ森精種《エルフ》どもに渡すんですものねぇ～」

「……違う」

へらへらと挑発を続ける空に、だが厳しい目で断じるクラミー。

「誰《だれ》にも渡さない。人類種《わたしたち》の国は、人類種《わたしたち》のものよ」

「——ふーん？」

おや、意外な答え、と先を促す空に、クラミーは毅然《きぜん》と言い放つ。

「森精種《エルフ》の力を借りるのは、人類の生存圏の確保のため——その為《ため》に、どれだけ複雑な契約を交わしたかあなたには想像もつかないでしょうけど……最低限必要な領土を確保したら——森精種《エルフ》とは手を切るわ」

——うーわ……。

内心頭を抱えたくなるのを、如何《いか》に空《そら》といえど、堪《こら》えきれなかった。

本心からの苦笑をこぼしながら、言う。

「他国の間者と疑わしい奴《やつ》にそんな計略、バラしちゃって、ばかなの？　しぬの？」

だがクラミー、ベール越しにも伝わる自信に満ちた瞳《ひとみ》で空をにらむ。

「……あなたが何処《どこ》の国の間者であろうと、私に勝つのは不可能よ？」

「っへー、大した自信ですこと」

「ただの事実よ。世界最大国『エルヴン・ガルド』——森精種《エルフ》達が有する魔法はどの種族にも破れやしない。だからこその〝最大国〟、正面からやり合えば必敗、例外はないわ」

……ふむ。

「……あなたに、人類種《イマニティ》として——」

厳しい視線を和らげ、空の目を見てクラミー。

「この国を、人類種《イマニティ》を想《おも》う気持ちが残っているなら、間者なんてやめて勝負を降りて欲しい。けして森精種《エルフ》達の傀儡《かいらい》になんてさせないと誓うわ」

「……」

なおも無言で応じる空に、もはや懇願するように。

「――魔法も使えない、感知すら出来ないのが私達――人類種《イマニティ》」

黒いベールで隠れた表情に、悔しそうな色を覗《のぞ》かせてクラミー。

「この世界で生き残るには、大国の庇護《ひご》下で『生存権利』を手に入れて、その後はあらゆる勝負を破棄し一切を閉ざす――これしかないの。わかるでしょう?」


……ふむ。

十の盟約に従うなら、ゲーム内容は挑まれた方に決定権がある。

確かに最強種族の力を借りて一定の領土を手に入れ。

全《すべ》ての勝負を断って鎖国するのは効率的で、有効な戦略だ。

なにも得ない代わりに何も失わない。

将棋における最強の布陣は動かない・・・・・・ことであるように。

ただしそれは――


「……ふぅむ、なるほど……悪くはない計略だ。よーくわかった……」

「それでは、勝負を降りてくれるのね……」

感謝するように、目を閉じるクラミーに――

「だが　断る」

その目を見開かせる言葉で応じる空《そら》。

「――理由を……聞かせて貰《もら》えるかしら？」

「ふふ、それはな……」

隣で感情の読めない顔で成り行きを見守っていた妹を抱き寄せて空。

「この『　　《くうはく》』が最も好きな事のひとつは――」

「自分が絶対的有利にあると思ってるやつに『NO』と断ってやる事だ…ッ」

空の言葉に、ハモらせるように、乗る白《しろ》。

元ネタを知らないクラミー、そしてステフの二人には、全くの不条理な言い分に。

ただ絶句し、はしゃぐ兄妹を眺めているしか出来ない。

「ふはは！　一度は『言ってみたいセリフ・第四位』――リアルに言わせて貰えたな！」

「……にぃ、ちょー、ぐっじょぶ」

親指を立てあう兄妹に、肩を震わせるクラミー。

それを挑発、または交渉の余地なしと捉《とら》えたのか。

「――時間の無駄だったわね。ご希望通り力でねじ伏せてあげる……広間で待ってるわ」

「はいは～い。『他人様にケツの穴売って借りた力』、用意してお待ちくださ～い」

と、一々相手の癇《かん》に障る言葉を選び見送る空に。


「い、いいんですの？　あの人の言うこと、一理あると思いましたけど……」

おずおずと問いかけるステフを、呆《あき》れ気味に眺めて空。

「――あのさ、そろそろ〝他人を疑う〟ことを覚えてもいいんじゃないか？」

指を立てて空が言う。

「一、あいつの言葉が事実である根拠が何処にある」

「あ……」

さすがに恥ずかしかったのか、目を伏せるステフに構わず指を立てていく空。

「二、必勝の手があるなら何故こっちに勝負を降りるよう取引を持ちかけて来た？」

「……あっ！」

さすがに気づいたのか、顔を上げるステフ。

「万に一つは負け得る……つまり必勝の手を持ってない――っ!?」

それはつまり――空《そら》の読み通りだったということで。

珍しく正解したステフに、笑顔で三本目、四本目と指を立てていく空。

「三、全《すべ》て事実だとして他国の間者と思われる奴《やつ》にそんな情報を明かすバカに人類を任せられない。そして四に、こっちの手の内を探られたらオシマイです。オーケー？」

ほけーと口を開いて、こくこくうなずくステフ。

「そ、そこまで考えた上でのセリフだったんですのね……」


……元ネタがあるセリフとはつゆ知らず。

空を素直に見直し、顔が熱を帯びていくことに気づき、はっと首を振るステフ。

だが空はクラミーが立ち去っていった方――城の広間へ続く道を見やって。

「……ま、それだけじゃないけどな。あいつ――おまえもそうだけどさ」

と、白《しろ》に視線を移して。

うなずく白を連れて、歩き出す。

「——ちょっとさ、人類《おれら》をナメすぎ」

■■■

広間に戻った一同。
目にしたのは、ずっと待っていたのだろうか、広間を埋め尽くす大観衆。
そしてやはり玉座の前に立てられた小さなテーブルと、一対の椅子《いす》。
そしてテーブルの上には——

「チェス盤……？」

今度は——戸惑うのは空の番だった。
森精種《エルフ》のイカサマを仕込んだゲーム……。
様々なゲームの可能性を考慮したが——チェスは想定外だった。
何故《なぜ》って——チェスで、一体どうイカサマするのか。
予想の斜め上を行かれたことに懸念を拭《ぬぐ》えずにいる空に。
だがクラミーは、向かいの椅子に座り、感情のない声で説明する。
「そう、チェスよ。でもこれは——ただのチェスじゃないわ」

そう言って小箱を取り出し、盤の上にコマをぶちまける。

——すると。

三十二個、白黒十六個ずつのコマが盤の上を滑るようにして、勝手に定位置に付く。

まるで——そう——

「そう、これは『コマが意思を持っている』チェス……」

まるで空《そら》の思考を読んだように、そう答えるクラミー。

「コマは自動的に動く。ただ、命じれば。命令のままに、コマは動く」

「………なるほど。そう来たか」

——厄介なゲームを持ちだされた。

と空は内心、想定しうるイカサマの内容に思いめぐらせ、舌打ちする。

「……どうする、白《しろ》」

普通のチェスなら、白は確実に勝てる。

だがそれはあくまで普通のチェスであれば、だ。

しかも相手は何らかの魔法を仕込み、イカサマするのは間違いない。

「……大丈夫、チェスなら……まけない」

言って、強気に前へ進み出る白。

——が、その前に、と空が確認する。

「なあ、これ途中で交代してもいいよな？」

「──？」

訝《いぶか》しむのは、クラミーと、白。

「悪いがこっちは二人で一人のプレイヤーなんだわ。それに、そっちが一方的に熟知してるゲームのようですし～？　内部の隅々まで、だろ？」

ケータイを手で弄《もてあそ》びながら言う空と。

その意図をはかるように、空の目を覗《のぞ》き込むクラミー。

だが、空の目から何かを悟らせる色は窺えない。

──そんなマヌケをする者に『　　《くうはく》』の片翼がつとまるわけもない。

「──どうぞ、ご自由に」

空の手のケータイが気になったか、それとも何も読めなかったことに警戒したか。

クラミーが、吐き捨てるように言う──が。

「……にぃ、しろが、負ける、と……？」

予想外に抗議の声を上げたのは──そのもう一つの片翼であるはずの、妹。

「白、熱くなりすぎ。普通のチェスならおまえが負けるなんて万に一つもない」

「……ん」

当然だとばかりに頷《うなず》く白。

それは空の、心からの本心だった。負けるわけがない。

――だが。

「これは普通のチェス・じ・ゃ・な・い・――〝そいつが言ってる以上に〟な」

「…………」

「忘れるな。俺《おれ》らは二人で一人、二人で『　』《さいきょう》だ。オッケー？」

「……ごめん、なさい。気を、つける……」

「よっし！　じゃーいっちょ暴れて来い！」

そう言って、白《しろ》の頭を撫《な》で――そして耳元で囁《ささや》くように言う。

「――俺がイカサマを看破して打開策を練るまで、勝・ち・抜・け・て・く・れ・」

こくりと頷《うなず》いて白、ゆっくりテーブルにつく。

幼い白には若干低い椅子《いす》、その上にちょこんと、正座して席に着く。

「話は終わった？――ではじめましょう、先手はそちらで結構」

「……――」

明らかな挑発に、一瞬眉《まゆ》をひそめる白。

チェスを「マルバツゲームと変わらない」と言ってのける白に。

それは、勝・ち・を・譲・る・と言っているに等しかった。

何故《なぜ》ならチェスは、原・理・的・に・互いが最善手を打ち続ければ『先手必勝』だからだ。

後手に回った場合、相・手・の・最・低・一・度・のミスを前提ではじめて『引き分け』だ。

「……b2ポーン、b4へ」

わずかに機嫌を損ねた白の言葉で、勝負は始まる。

手で動かすものではなく、声で指示を出して、コマが勝手に動くチェス盤。

ルールに従い、初手に限りポーンは二マス、前へ進む。

——だが、クラミーは言った。

『コマが意思を持っている』と。

ただ勝手に動くというわけではあるまい——。

そんな空《そら》の思考を他所《よそ》に、クラミーが静かに呟《つぶや》く。

「ポーン7番、〝前へ〟」

瞬間——指名されたポーンが。


——三・・・・マス進んだ。


「「「——はぁ!?」」」

声を上げる空と、どよめく観衆。

「これは〝意思を持ったコマ〟——そう言ったでしょ?」

薄く笑みを浮かべて、クラミーは語る。

「コマはプレイヤーの『カリスマ』、『指揮力』、『指導力』……『王としての資質』に反映されて動く——王者を決めるに相応《ふさわ》しいゲームだと思わない？」

「——ちっ」

舌打ちする空《そら》に——だが、慌てることなく。

「……d2ポーン、d3へ」

淡々と、冷静にプレイを続ける白《しろ》。

「あら、いいの？　そんな悠長なことしてて」

……だが一度ゲームに入り込んだ白に挑発のたぐいは通用しない。

忘れてはいけない、兄の補助があったとはいえ。

白の圧倒的な集中力は。

神さえ破ったと。

…………そして。事実。

反則的なコマ運びを続けるクラミーに対して、動揺すること無く。

また一切危なげ無く、白はコマ運びを続け——

「……うそ」

そう呟《つぶや》いたのは、空の横で勝負を見守っていたステフ。

だがそれは、城内の誰《だれ》もが抱いていた感想だろう。

予測不能に近いコマ運びをするクラミーを──。

いったいどうすれば、追・い・詰・め・は・じ・め・す・ら・出・来・る・の・か・、と。

騒然とする広間の中。

神がかりな采配《さいはい》で、常識破りのコマの動きに対応する白。

これぞ明鏡止水《めいきょうしすい》と言わんばかりに、人間離れした冷静さ。

「す、すごい……ルール無視に近い動きをしてる相手を圧倒してますわよ？」

「ああ」

しかし、空もまた、冷静に状況を見ていた。

「でも別にそれは驚くに値しない」

「え？」

「例えば将棋《しょうぎ》──がこの世界にあるか知らないが。超一流の棋士なら、飛車角金銀桂香の十枚落ち──つ・ま・り・王・と・歩・だ・け・で・相・手・を・完・封・し・切・る……多少のルール違反したところで達人と中級者の実力差は、そう簡単に埋められるもんじゃない」

そう言って。

「──だが」

と、あること・を危惧《きぐ》する空《そら》。

もしクラミーの言う通り、このゲームが『意思を持ったコマ』であることが鍵なら。

そして――その危惧は、すぐに現実となる。

「ポーン5、前へ」

そう指示した白《しろ》のコマが――。


しかし、動かない。


「……え」

と、ここに来て初めて、白の表情に戸惑いが浮かぶ。

同じく、戸惑うステフらとは対照的に。

「――やっぱ、そういうことだよな」

と、予想が的中したことに、舌打ちする空。

つまり。

このチェスの鍵《かぎ》は、カリスマがあればコマがルール無視で動くこと――ではない。

『カリスマが不足すればコマが動かない』ことにこそ、あるのだ。

コマが現実の「兵士」だとすれば、通常まず使えない戦略――それが、

「捨てゴマは使えない、ってことだ」

――大局のために、喜んで死ぬ兵士は通常いない。
徹底した指揮系、命令系――または狂気に等しい士気があって初めて可能な戦術だ。
そして、『捨てゴマ』を封じられると――
「――」
白が爪《つめ》を噛《か》み、初めての長考に入る。
……そう――戦術が大幅に限られてくるのだ。
だが薄く笑うクラミーの兵士達は、一糸乱れることなく、動き続けていく。
……優勢にあった白が追い詰められはじめるのに、そう時間はかからない。
――戦況は一気に悪化。
士気が落ちたコマは更に言うことを聞かなくなり、白はイラつきを募らせはじめる。
指揮官のイラつきは兵士達に伝播し、悪循環となり――。
……こうなってしまっては、もうどうしようもない。
「……っ」
自覚したのだろう――もはや白に勝ちの目は、消えた。
だが――十分だ。

白《しろ》が勝負を持たせ、空《そら》を観察に徹させてくれたことと。

死人のような目と、自嘲《じちょう》に満ちた、どう見てもカリスマなどありはしない。

クラミーのコマの動きが、そのイカサマの正体を十二分に語ってくれた。

──妹の肩に手を置き、空が言う。

「白、交代だ」

「…………」

うつむいた妹の目は、長く白い髪に隠れて見えない。

が、薄っすら涙が浮かんでいるだろうことは窺えた。

──それもそうだろう。

『　』《くうはく》に黒星は許されない。

ましてチェスにおいて妹は──一度も負けたことがないのだから。

「……にぃ……ごめん、なさい」

「──どうした」

「…………まけた……よ……ごめん……なさ……い」

そういって、兄の胸に顔を埋める白。

だが、空はその頭を抱いて、言う。

「は？　何いってんのおまえ、まだ負けてねぇだろ」

「…………」

「──二人揃っての『空白』──俺《おれ》が負けるまで、黒星はついてないぞ」

そう言う空《そら》を、見上げる白《しろ》。

その表情に浮かんでいるのは、いつもの不遜《ふそん》な──負けなどあり得ない、自信。

「それに、これはチェスじゃない──このゲームではおまえ、俺に勝ったことはないぞ？」

「……え……？」

「まぁ、見てろ──このゲームは俺の担当分野だ」

ぐしぐし、と。

前髪に隠れて見えない妹の目を、こすって涙を拭《ぬぐ》う空。

うつむいた頭から表情は窺えないが、まだ凹《へこ》んでいるのが窺える。

促されるままに椅子《いす》から身を引こうとする妹を──だが空が止める。

「泣き虫ね。勝負を途中で投げ出すお子様と、ここから巻き返せると思ってる能天気な兄
……確かにあなた達にも王の資質はあるみたい。愚王の資質だけど」

そう言うクラミーの言葉を無視するように。

身を引こうとしていた妹をすっと持ち上げる空。

「……っ？」

急に持ち上げられたことにビクッと身をすくませる白。

──十一歳という年齢を考慮しても、軽すぎる妹を持ち上げ。

テーブルについた自分の膝《ひざ》に乗せる空。

「……？」

「二人で『　』《くうはく》ってたろ。ここにいろ。んで、俺が冷静さを欠いたら手伝ってくれ」

キョトンとする妹を他所《よそ》に、空が口を開く。

笑顔で、しかし底しれぬ不気味さで、空がクラミーに言葉を紡ぐ。

「やあ、ビッチ」——と。

「——それは……私に言ってるのかしら」

「森精種《エルフ》さまに穴という穴を売って手に入れたそのイカサマごとねじ伏せてやるから、謝罪の言葉でも考えとけ——うちの妹泣かせた代償は高くつくぞ、淫売」

わずかに頬《ほお》をひきつらせるクラミーを、しかし無視して。

盤面と向き合った空。

す～～～～と息を吸いこみ——そして。


「全・軍・に告げぇぇぇるっ！」


膝に座っていた妹はもとより。

城内広間にいた全《すべ》ての人間の耳を塞《ふさ》がせ、壁をも震わせるような声で、叫ぶ。

「この戦で功績を上げた奴《やつ》には——国王権限で、好きな女と一発ヤる権利をやる！」

——。

打って変わって、海底のような静寂が城内を包む。
静寂が意味したものは——疑問、軽蔑《けいべつ》、呆《あき》れ。
だが、構わず空《そら》は、なおも続ける。

「なお！　前線で戦う兵士諸君、この戦に勝てば以後の軍役を免責し、生涯の納税義務を免除！　国家から給付金を保証する！　故に——童貞《どうてい》よ死にたもうなっ！　また家族が、愛する者が待つ者達も——全員生きて帰って来るのだっ！」

下劣極《きわ》まる演説に、なおも城内は静まり返る。
——が。
チェスの盤面からは。

『ウォオオオオオオオオオオオオオオ!!』

――と雄叫《おたけ》びが響き渡った。

反比例するように激しく引いていく城内。だが演説はまだまだ終わらない。

「全軍よ、諸君よ！　私の言葉に耳を傾けよ！　この戦は――我々エルキアの、人類の！　最後の砦《とりで》であるこの都市を誰《だれ》に任せるかという人類の運命を左右する戦であるぞ！　耳を澄ませ！　目を見開け、その国の王を――」

と、バッと、対戦相手――クラミーを指さし叫ぶ。

「こんな死人みたいな、頭の足りない売女に任せて、本当にいいのかっ！」

「な――」

そして、絶句したクラミーをよそに、しょげた様子で垂れていた妹の頭を掴《つか》み。

前髪をどかし、その顔を見せる。

純白の、アルビノの長い髪から覗《のぞ》いたのは、雪のように白い肌。

そしてルビーのような、吸い込まれるように赤い――しかし悲しみを帯びた瞳《ひとみ》。

「我らが勝利すれば、彼女が女王だ！　そう、いましがた諸君を想《おも》い！　諸君に勝利をもたらさんと心を殺して指揮をとり、諸君らに『無慈悲』と突き放され心で涙を流している彼女だ！　一度しか問わぬぞ――」

「――貴様らそれでも男かぁぁぁッ！」


そしてすかさず、ポーンに指示を出す。

「ポーン7番隊へ通達！　前線より敵が侵攻中！　待ち構えれば膠着《こうちゃく》、その間に側面より
やられるぞ――『速攻をかけて背後を取れ！』――先手を撃てぇっ！」

するとその叫びに呼応するように。

ポーンが二マス前進、そして更に敵のポーンの背後を取り――砕いた。

「な――そんな馬鹿《ばか》な!?」

狼狽《ろうばい》するクラミーに、だがニヤニヤと笑って空《そら》は言う。

「あれあれ？　そっちがやってたことだろ、何か不思議なことでもあったか？」

「――くっ」

だが、空の膝《ひざ》の上で妹が呟《つぶや》く。

「……でも、本当の戦争なら……これで兵士は疲弊……しばらく、動けない」

「ああその通りだとも――騎兵2番隊！　ポーン7番隊が開けた活路を無駄にするな！

道を切り開いた〝勇者〟達を何としても守れぇ！」

そして、相手の手番を待たずすかさず、さらに告げる。

「それからそこの王と女王！　つまり俺《おれ》らだがテメェらさっさと前線へ行けっ！」

——と、チェスの定石ではありえない指示に、観衆はおろか、白《しろ》まで目を見開く。

いや——そもそも。

「ちょ、ちょっと待って！　私の手番無視して何をやって——！」

——と抗議するクラミーに、だが空は野良犬を憐《あわ》れむような目で。

「はあ？　馬鹿なの？　本物の戦争で相手の手番を待つタコがいるの？」

そもそもコマは動いてる。

つまり命令は受理されている・・・・ということだ。

「手番を気にするなら、俺より早く命令出せばいいだけだろ、お間抜けさん♥」

文句あんならこのチェス盤に言え、とばかりに言い放つ。

理にかなっているようでかなっていない屁理屈《へりくつ》を、息でもするように並べる空。

だが——事実コマは動いている。

つまりそこに不正は無く。ならば——

「くっ——ポーン部隊、順番に前進しなさい！　防壁を築けっ!!」

対抗して大急ぎで指示を飛ばすクラミー。

すかさず空は、その揚げ足・・・を取る・・。

「はっ！　見よ、あたら兵を壁にして身を隠す、この臆病者《おくびょうもの》の姿を！」

大仰な手振りまで交えて、堂に入った演技でなおも叫ぶ。

「前線で兵を戦わせ、後ろでふんぞり返って何が王か、何が女王か！　王とは女王とは——支配者とは、民に道を示す者だっ　——総員我らに続け、誇り高きナイト、ビショップ、ルークよ！　その称号に見合う働きを今こそ示せっ！　歩兵《ポーン》達を援護し〝成らせよ〟！」

——相手の戦略を中傷し、逆手にとって士気を高める。

現実世界の『プロパガンダ戦略』の演説に鼓舞されコマ達は慌ただしく動く。

そして、再びクラミーに——ひいては、彼女が率いるコマ達に向かって、言う。

「ふん——森精種《エルフ》どもの魔法で、自軍の士気だけ強制的に高める——本当の戦争ならさしずめ『洗脳魔法』——とでも言ったところか？」

「——っ」

クラミーの表情が、僅《わず》かに動く。

それで図星と悟られないと思っているなら、あまりに空《そら》という男をナメすぎだ。

「なるほど証明しにくく、このゲームにおいては圧倒的有利に運べる。相手がチェスの名手であるほど、コマの動きを推測出来ず、捨てゴマを活用出来ないのは混乱を招く……」

と、妹の頭に手を乗せて。

「だがおまえは、大いに間違えた」

　そして、再び高らかに演説する。

「古今東西、圧政によって自軍を従わせた王が賢王だったためしはなく、何より人は正義のためにしか戦えず――また、この世に絶対的な正義は、たった一つしかない！」


　普段、気力のない半眼の妹に。

　キョトンと目を開かせる事態の連続。

　その顔を――目をぱちりと開いた、見る者全《すべ》てを魅了する美少女の顔を見せ。

「総員女王の御前なるぞ！　貴様ら男ならこれ以上、その瞳《ひとみ》に涙を浮かべさせるなっ！」

――応《こた》えるように。

　再び盤面から、机を震わせる雄叫《おたけ》びが上がる。


「――そう……かわいいは、この世で唯一不変の正義だ」

　膝《ひざ》上の妹を抱いて、不敵に、そう言い切る空に。

　盤面だけが呼応し、城内と凄《すさ》まじい温度差を生む――が、気にしない。

　戦いを知らないこの世界の者達が知るはずもないからだ。

――男が命をかけて戦う目的など、どの世界でも変わりはしない。

　それは、愛する者のためであり。

愛するものを惹《ひ》きつける名誉のためであり。

有り体に、身も蓋《ふた》もなくいってしまえば。

——即《すなわ》ち・・・・エロスのため……その一言に他ならないのだ……


「っ——ポーン5番！　敵ナイトを打ち砕きなさい！」

クラミーに命令されたポーンが、自軍のナイトに襲いかかる——だが。

妹を片手で抱き、椅子《いす》から立ち上がり、腕を振るって空《そら》は叫ぶ！

「誉れ高き騎士《ナイト》達よ、女王が認め我が授けた騎士《ナイト》の称号は雑兵にやられる程度のものか！

女王の名、またその称号に懸《か》けて勝手に死ぬことは許さん！　敵は雑兵、背後を取るしか
能がない！　反転し後退、戦線を維持し——活・路・は・貴・様・の・剣・と・盾・で・切り拓け！」

すると襲いかかってきたはずのポーンが、ナイトを取るどころか——

その直前で逆に、砕け散る。


「「——はあああああぁ!?」」


クラミーにとどまらず、ステフをはじめ、城内の誰《だれ》もがそう叫ぶ中。

しかしその声さえ届かない。

本当に戦場に身を置いているように空、なおも叫ぶ。

「よくぞ堪《こら》えた、よくぞ持ち堪《こた》えた、誇り高き騎士《ナイト》よ！　それでこそ民の剣よっ！――だが、今しばしその剣を休め、休養を取るが良い！　此度《こたび》の戦場での活躍に報いる褒美、我が名に懸けて与えることを誓おうぞ！」

するとナイトが――ただのコマが。

空に――いや……『王』に向き直り。

一礼するようにして――ふっ、と盤面上から消え、テーブルの隅へ移動する。

――チェスではありえない、『相打ち』という現象に。

絶句するしかないクラミーを、嘲笑《あざわら》うように、空は応《こた》える。

「くくく、バカめ。本物の戦争を再現するチェスだぁ？　シヴィでも大戦略でも負けたことのないこの俺《おれ》を相手に、その下位互換であるこんなゲームで勝てるとでも思ったか？」

そう――これはチェスではない。

ストラテジーゲームだ。

士気の維持を行う魔法――なるほど、中々有利な魔法だ。

だがそんなもの、社会制度や世界遺産によるステータス補正程度の価値しかない。

そして――それらの弱点もまた、こちらは熟知している。

即ち、その補正効果に頼るプレイスタイルになること――。

相手のプレイスタイルさえ見えれば――

もはや、負けはない。

「ポーン3番隊！　今こそ好機——敵ビショップを討ち取れ！」

確信し、詰みにかかるだけとなり叫ぶ空《そら》の指示に、忠実に従いコマは動き。

だが、ビショップの手前で——


——ポーンが黒く染まる。


「「——なっ⁉」」

観衆が驚愕《きょうがく》の声を上げる。それはもう、見慣れた光景だった。

だが、ここへ来て初めて——その光景に空が加わった。

その現象を明確な『想定外』だとクラミーに悟らせてしまう空の顔色に。

にぃ……と、薄く暗い笑みで、クラミーが言う。

「洗脳——面白い表現を使うわね。洗脳だったら当然出来るわよね、こういうことも」

攻撃しようとしていたコマが、再び強制的に黒く染まる。


『強制洗脳』——

それは、こちらの攻撃の一切が封じられることを意味する。

……まずい。

――まずい。

まずいまずいまずいまずいまずいまずいまずいまずいっ！


表情にこそ出さずに済んでいたが、空は致命的なミスに気づかされた。

敵のイカサマを『狂的な士気の維持』だと――勝手に思い込んだ！

――数日前、ステフに偉そうに指摘したミスを、ここに来て自分がやらかしたっ！

失敗した――失敗した失敗した失敗した失敗した失敗した失敗したっ！

明らかな失策だ――っ！

敵が追い詰められ、なりふり構わなくなった時……。

即《すなわ》ち、敗色濃厚になった時に、魔法の使用露呈覚悟で――負けて元々で不正がバレるリスクを抱えたイカサマに打って出てくる可能性――っ！

(何故《なぜ》考えが至らなかった――このマヌケめっ！)


「――全軍、後退せよっ！　敵軍は洗脳魔法を使うぞ、近づくなっ！」

空の圧倒的指揮力で、後退出来ぬはずのコマまで一斉に後退をはじめる、だが。

「ふふ、戦王気取り？　王自ら殿《しんがり》を務めるとは、カッコつけすぎよっ」

優勢と見て吠《ほ》えるクラミーの指揮のもと、王に――即ち、空に。

敵、クイーンが迫る。

「敵王の首を刎《は》ねなさい、クイーン！　チェックメイトよっ！」

「……にぃっ」

広間が騒然とし、白《しろ》までもが危機を感じ、声を上げる。

だが——迫りくるコマに空《そら》は言い放った。

「——女王よ、剣を下げて欲しい……そなたは——美しい」

…………。

「「「——はい？」」」

観衆も、クラミーも、白さえも唖然《あぜん》とする中。

情熱的に、熱情的に空は、コマ——女王を口説《くど》き始めた。

「ああ、女王よ。そなたは己《おのれ》の意思でかの王に仕えるのか、それとも事情があってのことか——だがどうか、己の胸に問うて欲しい。かの王はそなたが仕えるに値する王か」

一流の舞台役者のように。

世紀のプレイボーイのように甘い声で、耽美《たんび》に空は言葉を並べていく。

まさに、戦場の麗しき若き王さながらに。

「兵を、民を洗脳し剣とし道具とし――あまつさえ、そなたを矢面に立たせ最奥怯《おび》えているかの王に、そなたの美しさは、そなたの剣は、振るうに値するのかっ　女王よ、数奇な運命により敵としてあいまみえた美しき君よ、どうか剣を下ろし、見て欲しい――そなたの民は、守るべき者たちは――王はっ！　何処《どこ》にいるのかっ！」

――カランッ――と。

剣が地に落ちるような音を立てて。

――今度は、黒いクイーンが白く染まる。

唖然とさせられっぱなしの観衆からはもはや声すらなく。

絶句するクラミーと、ただ、小さく笑う空の声が響くだけとなった。

「――なっ――」

「くくく、恋愛シミュレーションゲームは俺《おれ》が妹より上手《うま》い数少ないゲームの一つだ」

「――こ、この……っ」

歯嚙《はが》みするクラミーに、安堵《あんど》するような観衆のため息。

空が敵と同じ事をした以上、状況は互角に戻った――そう見えたからだろう。

――だが違う。

その先に待つのは——『必敗』の二文字のみ。
こっちの攻撃は一切が封じられたまま——敵は遠慮無く攻撃を続行可能。
だがクラミーは——正確には把握できないが、どのコマからでも洗脳が可能らしい。
こちらは——空《キング》と敵女王《クイーン》だからこそできたことに過ぎない。
全く、違うのだ。

(——どうする。どうするどうする空《そら》・童貞《どうてい》十八歳——っ!)
空は、表情に浮かぶ余裕の笑みを崩さぬ為《ため》に全身を費やし。
全霊で猛然と、どうにかこの状況を打開する方法をさがしていた。
いや——正確には、見つかってはいた。
(方法は——ある。あるにはある……だが相手がノって来るかっ⁉)
——それは、一《いち》か八《ばち》かの賭《か》けになる。
成功すればとりあえずしのげる。
だがしくじれば一転——今度こそ勝利の目は完全に潰える。
博打《ばくち》の危険性に対してメリットが一時的すぎる——仕掛けていいのか。
脳内麻薬の過剰分泌が時間さえ圧縮させる中で、思考を巡らす空に。
だが今度は、白《しろ》が。

そっと兄の顔を——その小さな二つの手で包む。

「——な……？」

突然頬《ほお》に感じたぬくもりに、体が跳ねそうになる。

だが、白は空の目を覗《のぞ》き込み、小さく続ける。

「……にぃ、言った……冷静さ、かいたら、手伝う」

「——っ」

「……二人で……『　　《くうはく》』……」

ああ……。

「——ああ、そう、だったな……」

「…………大、丈夫」

——ノると、思うか？

無言で問うた兄の目に、妹は小さく、しかし力強く。

……こくり、と。頷《うなず》く。

——そう、白は——この天才少女は——この自慢の妹は。
・・・・・・・・・・・・・・・・・・・・・・・・・・・・・・
ルールを無視して動く相手に、純粋なチェスの動きだけで一度は優位にさえ立った。

それは相手——クラミーの動かすコマを先読みしていたから以外に、ありえない。

心理戦、駆け引きでは、兄に大きく劣る妹——だが。

再び、空は自分に言い聞かせた。

——忘れるな。
妹は——神さえ下したのだ。
その妹が、純粋な手の読み合いで、ノると断言する。
ならば自分がするべきは妹を信じ、それを前提に、作戦を構成するだけっ！
そして——肩を震わせたクラミーが。
「——ナイト！　敵に寝返ったクイーンを斬《き》りなさいっ！」
——ノった…………。
まんまとかかった——罠《わな》に。
命令された黒きナイトは葛藤《かっとう》するように震えそして——。
白く染まる。
「な——なぜ……あ、あなた何をしたのっ!?」

——コレだ。
コレが、唯一の活路だった。
クラミーが本当に人類種を思って戦っているなら許さない、裏切りに対する反応。
そして彼女が、未だにこちらもイカサマしていると思い込んでくれていること……。

コレが——唯一の勝ちの目が残る筋書きだった。

あぁ、さすがだよ、妹よ。

妹の頭を撫《な》でることでそう伝え、妹はネコのように、気持ちよさそうに目を閉じる。


そして、全て予定調和だったように、不遜《ふそん》に笑みを浮かべ空《そら》が言う。

「王よ、愚かな王よ。臣下に女王を殺せとは……酷な命令を出すものではない。少し冷静になっては如何《いかが》かな。その怒りに震える肩——民に見せられたものではないぞ」

「この——裏切りものが……っ！」

空を、人類を売って他国の技術でイカサマしていると思っているクラミー。

その顔にはここまでの、死人のような無力感も、責任感もなく、ただ怒りがあった。

対比的に、不遜、不敵、余裕に満ちた空の顔。


……そこから誰《だれ》が察することが出来るだろう。

今まさに、空こそ、心臓が破裂する勢いで脈打ちに思考を総動員させているなどと。

空の脳内では依然、クイズゲーム、歴史ゲームなどで手に入れた知識の限り。

知り得る限りのあらゆる戦争を追想し、シミュレーションしていた。


——そう、状況は何も好転していない。

こんな手、そう何度も使えるものではない。

敵を疑心暗鬼にハメるための一時凌《しの》ぎのブラフに過ぎない。

開き直って攻勢に出られたら、全《すべ》てご破算の危うすぎるタイトロープだ。

ならば——戦わずして勝つ方法を見つけるしか——


（戦わずして、勝つ？）

——————。


——そうして。

必敗に等しいこの戦況の中に。

空《そら》の脳裏に、一筋の光明が、ついに、見出《みいだ》される。


「——白《しろ》。軍の采配《さいはい》は任せる。〝敵に洗脳されないよう〟立ちまわれるか」

「……よゆー、ですっ」

理由など聞くまでもないと、びっと敬礼して、妹が采配を引き受ける。

——これは、またもや一《いち》か八《ばち》かの賭《か》けだ。

だが、今度は成功すれば必勝の賭けだ。

この状況から勝利する方法——それは『二つ』しかない。

空の知識にある限り、戦わずして勝つ方法——それは。

「女王よ——」

采配を振るうのを妹に任せ、空は味方にした、元・敵女王《クイーン》に語りかける。

「私はそなたに——また、そなたを慕い剣を下ろした誇り高き騎士《ナイト》達に、自国の民に——同胞達《はらから》に刃を向けろとは、とても言えぬ。この戦況、状況……もはや無益な争いなのは誰《だれ》の目にも明らか——そなたの王は——もはや狂乱の坩堝《るつぼ》にある」

そして空は、秒針が一回動く程度の時間で。

数万の言葉を脳内に巡らせ、一世一代の大勝負《くどき》に出る。

「そなたの民は、そなた達のものだ——乱心の狂王に代わり民を導けるのは、もはやそなた以外にはおらぬと思うが——相違あるだろうかっ！」

空の演説。その意図に。
城内の誰一人、クラミーさえも解せずにいた。
故に城内は静まり返り——コレまでも何度も起きたように。
想像を超える何が起こるのかを——沈黙をもって待っていた。
そして——果たして、その期待に答える結果だっただろうか。
黒かった女王《クイーン》——そして白くなった女王《クイーン》が。

──今度は赤く染まり。

そして続くように、前線の黒いコマの殆どを赤く染め上げた。

「────────はぁっ⁉」


絶叫を上げたのは、クラミー、ただ一人。

他の観衆は、誰《だれ》一人何が起こったのかを理解出来なかったのだろう。

だが、続いて放たれた空《そら》の演説に──ついに状況は理解される。

「よくぞ立ち上がった、尊敬たる勇敢な女王よ！　洗脳を乗り越え女王に付き従う正しき者たちよ！　我はそなたらに同胞《はらから》を斬《き》れとは言えぬ！　だがそなたらの同胞《はらから》もまたそなたらを斬りたいとは思わぬはずだ！　あたら洗脳を繰り返し民の自由意志を奪う狂王の圧政に終止符を打つのは他ならぬそなたらである！」


そう、それは。

内乱の誘発──第三勢力の出現だった。

「我が求めるは血にあらず！　誰もが求めるように──そう求めるは『平和』にある！　双方どうか剣を納めて欲しい、これ以上誰も血を流させることは我が許さぬっ！」

その演説に、次々赤き女王《クイーン》側につく、赤いコマが増えていく。

――敵を傷つけることに躊躇《ためら》いはないかもしれない。

だが。

「――こ、このっ、かまわないわ！　離反した者は全員斬り捨てなさいっ！」

その意味を理解しないまま激昂するクラミーは、またも――罠にノる。

「またも失策だ愚王よ。古今東西、反乱に対して『武力鎮圧』は――最悪の悪手だ」

――敵を傷つけることに躊躇いはなくとも。

共に戦った仲間は――たとえ洗脳魔法をかけたとて、容易には斬れやしない。

そう、空が言うや、クラミーに命令されたコマたちが次々と赤く染まって行く。

「――な……このっ……何なの、どんな仕掛けを使ってるのよっ！」

森精種《エルフ》の力を利用してまで人類を守ろうとしたクラミー。

その感情が、裏切りに対する感情を強め、冷静さを奪っていく。一方。

「……全軍、赤き女王《クイーン》勢に、協力……包囲展開……誰も、死なせない、で」

白《しろ》が空の意図を汲《く》み、的確な采配《さいはい》で、赤いコマも戦術的に行動しだす。

なんてことはない。

クラミーの軍勢の攻撃が効きにくい赤い女王勢を盾にしているだけだ。

だが、それを言葉で飾り、赤い女王勢のコマを操り双方の攻撃が通らない状況を作る。

――結果。

「——っ——この売国奴どもめ……っ！」

クラミーが歯噛《はが》みし、毒づく。

そう——結果、戦況が膠着する。

「——なあ、狂乱の王、いや『洗脳王』よ、知ってるか？」

それを、最初から狙《ねら》い通りだったかのように、空《そら》が笑って語りかける。

「現実の戦争はな——必ずしも王を討ち取らなきゃ勝てないわけじゃないぜ？　さぁ、そっちにもはや勝ち目はない。互いに手出しが出来ない状態だ——『降伏』しろよ」


内乱を誘発させ国力を分断、そこからの圧倒的優位での『講和』。

これが——空が知る『戦わずして勝つ』方法の、一つ。

全《すべ》て最初から、そう仕組まれていたように観衆の目には映っただろう。

鮮やかすぎる逆転劇に、城内は沸き上がり、熱狂の叫びが響いた。

——ただひとりを除いて。

そう——クラミーだけが、射貫くような目で空を睨《にら》み。

不気味に笑った。

「ふふ……ふふふ……なめないで——この国は渡さないわよっ！」

それは、本物の狂王さながらの嗤《わら》い。

沸き返った城内を静まり返らせるほどの不気味さで、クラミーが命じる。

「全軍、命を捨てて敵王の首を討ち取りなさい……あなた達は私の命令に従って動けばいいの——裏切り者は全て切って捨てて進みなさい」

空には——人類種《イマニティ》には感知出来ない。
だが、恐らく更に強化されたのだろう洗脳魔法。
不気味に、静かに黒い軍勢が行進を始める。
赤いコマも白いコマも。
構わず全て殲滅する明確な雰囲気を漂わせるコマの行軍に城内が息を呑《の》み。
「……にぃ、弱った敵の……退路を断つ、と、こうなる」
僅《わず》かに冷や汗を浮かべて、妹までも指摘する言葉に。
だが空は、笑顔で応《こた》えた。
「知・っ・て・る——だ・か・ら・や・っ・た」と。

ピキッ——

そんな音が、脈絡もなく唐突に響いた。

黒いキング、即《すなわ》ちクラミーのキングに。

——亀裂《きれつ》が走る。


「——え——な、なに？」

亀裂が広がって行く黒いキングを。

何が起こったかわからず呆然《ぼうぜん》と眺めるクラミーに、空《そら》は淡々と告げる。

「圧政、恐怖支配、洗脳を繰り返す独裁者——不思議なもんだよな」

これが——空が知る『戦わずして勝つ』——二つ目の方法。

「勝ってるうちはいいが、一度負けだすと、いつの世もそういう為政者の〝最期〟はなぜか判を押したかのように、決まってるんだよ」

……すなわち。

「古今東西、最期は兵士ユニットですらない身近な誰かによる暗殺で終わる」

——それは歴史上、幾度と無く繰り返されて来た、空達の世界での史実。

つまり、洗脳を拡大させ、なりふり構わなくさせ。

「暴君」として仕立て上げ、敗色濃厚に追い込んだ上で。

「狂王」として動かすことによる——『自滅』。

そして、砕け散った黒いキングが崩れていくのを。

城内の誰《だれ》もが。クラミーでさえ、呆然と眺める中。

「悪いな、俺らの世界はこの世界ほどいいとこじゃなくてね」

勝利し、椅子《いす》を立つ空と、白《しろ》。

「――こと争い、殺し合うことにかけちゃ、あんたらよりよほど熟練者《エキスパート》なのよ」

そして、盛大なため息ひとつ。

白と軽くハイタッチを交わして、空は、遠い目をする。

かつての、自分たちの世界を。

遥《はる》か遠くに見るように、目を細め。

「それがゲームで留《とど》まる。良い世界だよなぁ、ここ……」

……そう、呟《つぶや》いた。

■■■

「す、すごい……」

――圧倒的、鮮やかすぎる勝利劇。

城全体が震えるほどの歓声の中、そう呟いたのは、ステフだった。

歓声を上げる観衆達は、ことの真相を理解していないだろう。

だがステフだけは、理解していた。
それは空《そら》達の戦術、セリフの全《すべ》てがわかった、という意味ではない。
彼らの世界が、どのようなものなのか、知る由もないのだから。
だが。
あの人——クラミーが森精種《エルフ》の強力なバックアップを受けており。
今繰り広げられた勝負《ゲーム》は、そのイカサマ魔法が仕込まれたゲームであり。
それを、正面から挑み破ってみせた事実だけは、理解していた。
それは即《すなわ》ち——間接的とはいえ。
世界最大の国であるエルヴン・ガルドに、真っ正面から打ち勝ったことを意味し。
魔法を駆使する種族に、ただの人間が勝利してみせたということで。
それはステフが知る史実上、一度として例のない快挙で。
それ故に——
「……本当に、人間なんですの？」
畏怖《いふ》——恐怖さえ芽生えさせ、そう呟《つぶや》かせた。
沸き上がる城内に反して、敗北したクラミーはうつむいたまま沈黙する。
それを一瞥《いちべつ》することもなく、颯爽《さっそう》とテーブルを離れ。
ステフの元に歩み寄ってきた兄妹を、ステフは一瞬——。
どう対応していいかわからなかった。

——だって、そうだろう？

魔法という絶対的なイカサマを使う敵を正面から下し、勝利に喜ぶ様子すらない。

——〝『　』《くうはく》に敗北はない〟……。

それを証明するように、勝利して当然という佇《たたず》まいの二人に、なんと声をかけるのだ。

だが——そんなステフの葛藤《かっとう》などつゆ知らず、空は気楽に言う。

「——これでいいだろ？」

「…………え？」

「おまえの爺《じい》さん——前王が愚王だった、と言われずに済む、だろ？」

「——あ……」

「なんの後ろ盾もない、人類最強の『　』《おれら》が王になれば——賢王だったことになる」

「……これで、エルキア……滅びない、よかった、ね……ステフ」

言葉に迷い、悩み。

自分が彼らにされたことを思い返してもみたが。

その全てを補って余りある結果に。

ステフは、目から零《こぼ》れた雫《しずく》に従って、素直に、口にすることにした。

「ありがとう……本当に——感謝しますわ……ぁっ」

若干嗚咽《おえつ》が混じり、聞き苦しくなってしまったかと思ったが。

ステフの頭を、背伸びしてぽんぽん、と撫《な》でる白《しろ》に。

更に涙が溢《あふ》れるのを、ステファニー・ドーラは抑えることが出来なかった。


——と。


「…………ねぇ」

ぽつりとこぼれたクラミーの呟《つぶや》きは、沸き上がる城内では歓声にかき消され。

だが、空《そら》と白、ステフの耳にだけは冷たく響いた。

「教えなさいよ……一体どんなペテンを使ったの」

冷たくそうこぼすクラミーは、キッと空を睨《にら》んで、続ける。

「ええ、そうよ。私は森精種《エルフ》の力を借りたわ。人類が生き残る唯一の方法として。それをあなたが台無しにしたのよ。答えなさいよ、何処《どこ》の間者なの？　ただの人間が森精種《エルフ》の魔法に打ち勝てるとでも言うつもりじゃないでしょうねっ」

クラミーからしてみれば、人類種《イマニティ》を売った憎き敵である空に。

憎悪をこめた目で問い詰めるクラミーに、ステフは息を呑《の》み——だが兄妹《ふたり》は。

「そのつもりだし、事実その通・り・だ・」

「……なにか、もんだい？」

歓声に沸く城内、空《そら》がクラミーに再び歩み寄ったことで波を打って静まる。

「別にな、おまえが人類種《イマニティ》を思って森精種《エルフ》の力を借りてるって話が真実だと証明出来れば、少なくとも悪い戦略じゃなかったと思ったのは本心だし、勝負を降りてもよかったよ」

「だったら——っ！」

「だが、おまえの考えが気に入らない」

演技ではない、軽蔑《けいべつ》の眼差しでクラミーを見下ろして空。

「〝森精種《エルフ》を利用して足がかりにする〟ならまだしも〝森精種《エルフ》さまの庇護《ひご》がなきゃ生きることも出来ない〟って認識は、ちょっとばかり卑屈すぎて鼻についたんだよな」

「——そんなの、歴史が、この現状が人類種《イマニティ》の限界を証明してるじゃないっ！」

事実、あなたもペテンを使ったくせに、と言外に言いたげな顔で言うクラミーに。

「それは歴史を作った連中の限界であって、俺らの限界じゃねぇしなぁ……」

意地悪くそう言って、笑う。

「人類《じゃくしゃ》には人類《じゃくしゃ》のやり方がある。例えばそう——おまえが俺らがイカサマしてると最後まで思いこんでくれたおかげで、俺《おれ》らが勝てたように、な」

その言葉に、息を呑《の》み、この対戦を振り返るクラミー。

彼らが使っているイカサマを暴くことにばかり気を取られていたが、もし。

もし、イカサマなど最初からなかったとしたら——？

「そんな……はずない……ただの人間が——魔法に対抗出来るはず……ない」

「そう思うなら結構、それがおまえの限界だ」

そして空、目を細めて。

「相手が森精種《エルフ》だろうが——神だろうが『　』《くうはく》に敗北の二文字はない」

言って——誇りを汚されたことを示すように。

クラミーの顎《あご》をつまみ黒いベールを剥《は》がし。

その目を直視して、空が、初めて仄かな怒りをその目に宿して——言う。

「あまり——人類をナメるんじゃねぇ」


……その言葉は。

城内の全《すべ》ての人々を沈黙させ。

その胸に染みこむように響いて広がった。

繋《つな》がれた『最下等の種族《じんるい》』というコンプレックスの鎖を千切るように。

長く続いた闇に一筋の光を差すように。

——静かな希望の灯火《ともしび》を、その胸に灯《とも》すように。

——そして、クラミーの口からも、言葉が溢《あふ》れる。

「う——」

「……う?」

「うわああああああああああああああああぁぁぁぁぁああんっ」

「うぉっ！　なんだぁっ!?」

　突然、床にへたっと座り込み大声で泣き出したクラミーに。

　対応に困る以前に、驚き一歩下がった空《そら》を――誰《だれ》も責められないだろう。

「うぁああんばかぁあああアホおおお！　森精種《エルフ》のちから……取り付けて、ひっぐ、ほ、反故《ほご》にするのにぃ、どんなめんどーなけーやくしたと……それお、それをおおお、ナメてないも〜〜ん、ほんきだったんだもおおおんびええぇぇん……」

　大粒の涙を零して、大口を開けて泣きわめくクラミーに、誰もが唖然《あぜん》とする。

　それは、抱えていた重荷から解き放たれた反動か、それとも本来の性格か――

　ただ、泣きじゃくる子供は手に負えないのは、どの世界でも共通の認識なようで。

「……にぃ……おんなの、こ……泣かせた……」

「え、待って、俺《おれ》が悪いのっ!?」

「びえええええぇぇぇぇぇぇぇ〜〜〜ん……あほぉ……ばかぁ……しんじゃえぇ……」

　先ほどまで勝利に沸《わ》いていた観衆は。

　今や、幼い嗚咽《おえつ》混じりの罵倒《ばとう》をはくクラミーを遠目に眺めるだけだった――

びぇ〜ぇん

第四章——国王《グランドマスター》

ばかぁ、あほぉと泣き喚《わめ》くクラミー。

ぜったい認めないからっ　ぜったい暴いてやるんだからぁぁっ——と。

最後まで喚き続けたクラミーが逃げるように立ち去ると。

「やれやれ……人類自身が、人類を過小評価してどうすんだよ……」

という空《そら》の困ったような言葉に、城内は再び喝采《かっさい》に包まれた。


——文句を挟む余地もない勝利。

誰《だれ》の目にも疑いようのない、人類の王としての希望まで魅せつけての勝利。

大広間は割れんばかりに歓声に包まれ、王冠を手に持つ高官の老人の歩みを進ませる。


「それでは、空様——でしたな」

「ああ」

「あなた様を、エルキア新国王として宜《よろ》しいですかな」

だが、その言葉に空はきっぱりと告げる。

「ダメだ」

そして妹を抱き寄せて、笑って言う。

「俺《おれ》らは二人揃って『空白』だ——国王は俺ら二人だ」

それはチェス戦の最中も口にしていた言葉。

観衆は更に声を高め——新たな王と、小さな女王の誕生を祝う。

——が。


「——残念ですが、それは出来ません」


「——え？」

高官の言葉に、歓声がピタリと止《や》む。

「は？　え、なんで？」

「十の盟約で『全権代理者』をたてるよう決められております。二人には出来ませぬ」

ざわつく広間、顔を見合わせる空と白《しろ》。

困った様子で考え込み、頭を掻《か》いて、眉《まゆ》を寄せて……空が言う。

「……はぁ。えーと、じゃあ、役割分担的にここは俺の仕事、になるのか？」

「………う」

と、僅《わず》かに呻《うめ》いた妹を下ろし、改めて高官に向き合う空。

「では改めて――こほん。ここに、空様《そらさま》を第二〇五代エルキア国王として戴冠《たいかん》する――異議あるものは申し立てよ！　さもなくば沈黙をもってこれを――」

――が、沈黙を守らず、声を遮って手を挙げる人物が。

「……ん」

白く長い髪。

前髪から透けて見えるルビーのように赤い瞳《ひとみ》の少女――というか。

「え、白《しろ》？」

「……異議、ある」

「えーと、あの、妹よ、どういうことでせう？」

「……にぃが、王様、なったら……ハーレム、作れる」

「――――――はい？」

耳を疑うように問い返す空に、しかし白、泣きそうに顔をしかめて言う。

「……そし、たら、しろ……いらなく……なる」

きょとんとする観衆を他所《よそ》に、これでもかと言うほど狼狽《ろうばい》する空。

「ちょっ！　ちょちょちょ、待て待てそんなわけねぇだろっ！　俺《おれ》と白、二人で一組だろうがっ！　あくまで建前上、俺が王になるってだけで、白をいらないとか――」

「……でも、王様は…にぃ……しろは、おまけ。一人しか、なれない……なら――」

ぐしっと腕で涙を拭《ぬぐ》った瞳に、もう涙はなく。

「……王様は——しろ」

感情の希薄な妹の瞳に、明確な戦意が宿っていた。

きっ、と兄を睨《にら》んで、宣戦布告する白に——。


「——はん？」

その視線を受けた空もまた表情を変える。

「おいおい……マイシスター。おまえが冗談言うとか珍しいな、槍《やり》でも降るのか？」

いつもと同じように、ヘラヘラとした言動。

だが声にこもる感情には、明らかな敵意があった。

「おまえみたいな傾国級の美少女が王になんてなってみろ。おまえは素直すぎる。言い寄ってくる何処《どこ》ぞの馬の骨にコロッと騙《だま》されかねん——王様なんて、兄ちゃん許さんぞ」

兄馬鹿《ばか》ここに極《きわ》まるセリフを吐きながら白と向き合う空だが。

溺愛《できあい》すら窺える言葉とは裏腹に、目に笑いの色はない。

「……だめ、にぃ、王さま、やらせない——絶対」

「——上等だ。兄ちゃんもおまえが王様なんて認めないからな。絶対だ」

向かい合い、ぶつかり合う二人の視線。

森精種《エルフ》のイカサマさえ破り、人類最強の称号を手にせんとする二人の視線は。

仲睦《なかむつ》まじい兄妹のそれでも、二人で一人のゲーマー『　』《くうはく》のそれでもない。
・・・・・・積年のライバルのそれであり、互いの気迫に火花さえ散って見え……。
「え、えーと……では、お二人で改めて、最終戦を行うと、いうことで宜《よろ》しいですかな？」

割って入るにも相当な勇気を要しただろう。

高官が、申し訳なさそうに確認する言葉に。


「ああ、いいぜ」

「……問題、ない」


即答する二人は。

視線を外すことなく、宣戦布告する。

「手加減しねぇぞ妹よ。今日という今日は、ねじ伏せてやる」

「……にぃ、こそ……覚悟して……今日は、ほんき、だから」


——————……………

——そして。

三日の時が流れる。


不眠不休で、無数のゲームを繰り返した形跡が散らばる広間の中央に。

床に突っ伏す兄妹の姿があった。

「……なぁ……いい加減……負けを認めろよ」

「……にぃ、こそ……もう、あきらめる」

二戦連続勝利を条件にはじまった無数のゲームは。

とうとう――５００戦１５８勝１５８敗１８４分を数える。


――不幸だったのはこの場にいるものはおろか、二人の『元の世界』にすら。

都市伝説にまでなった『　』《くうはく》――その中の二人の戦績を知るものがいなかったこと。

二人の共有名義である『　』《くうはく》とは別に。

ゲーム好きの兄妹としては、至極当たり前に。二人は二人で対戦していた。

その戦績は――


３５２６７４４戦１１７００８０勝１１７００８０敗１１８６５８４分――――

……今日まで互いに、一度として勝ち越しも、負け越しもない。

その不幸な事実を知る由もない、戴冠式《たいかん》を待っていた城内の人々はとっくに帰宅し。

——再び集まり、帰りを繰り返し、いい加減日を追うごとにその数も減っていた。

城内スタッフ達は大広間で盛大に寝こけ——辛《かろ》うじて意識を保っている王冠を手にした高官とステフの二人も、そろそろ幻覚が見え始めて久しい頃《ころ》に差し掛かり。

高官の老人は時折不気味に笑い、また素顔に戻りを繰り返しており。

ステフも「あ、蝶々《ちょうちょう》～」と虚《うつ》ろな笑みで虚空をつかもうと手を伸ばしていた。


——さて、次のゲームは何にするか……霞《かす》む頭でそう考えていた空《そら》は。

ふと湧《わ》き起こった疑問に、手を止める。


「——なぁ……なんで王は一人じゃなきゃいけないんだ？」

「……え？」

その一言に、幻覚の世界から連れ戻された高官とステフが反応する。

違和感を口にすべく、ケータイを取り出して。

メモした【十の盟約】を改めて見直しながら空が言う。

「『十の盟約』その七、集団における争いは、全権代理者をたてるものとする……」

それは、集団——すなわち国、種族間の争いは代表者を決めて行えというルール。

——なのだが。

噛《か》み締めるように、吟味するようにそう口にした空は。

読み直し、口にした言葉と。思い至ったことに矛盾がないのを確かめ。

ぽつりと、呟《つぶや》いた。

「——何処《どこ》にも『一人』って、明言されてなくね？」

「「「——————」」」

——かくして。

後に「悪夢の三日」と語り継がれ、吟遊詩人に詠《うた》われる激闘は幕を閉じた。

が、あまりに長すぎるため。

ここでは割愛するとしよう……。

■■■

…………——。

「……ねえ、本当にコレでいいんですの？」

「いいんだよ。古来より、王が豪華絢爛《ごうかけんらん》な衣装に身を包んだのは、往々にして、内面の浅ましさを隠す為《ため》だったり、自分を肥大して見せる為の自己満足だろ。王とは民の鑑であり、また目標たるべきもので——敬愛なんて行動で勝ち取るものなんだよ」

「……と、いう……屁理屈《へりくつ》……」

「うむ、まあぶっちゃけ、この格好が一番落ち着くってだけなんだがな」

「はぁ……まあ、わかりましたわ。でも髪とか、そういうのは整えてくださいな」


エルキア首都——城前大広場。

城のベランダを出ると、ヴェネチアのサンマルコ広場を彷彿《ほうふつ》させる広大な広場がある。

今、その広場を埋め尽くすように居並ぶ無数の人々がいた。

何万——何十万の人間が集まっているのか。

新しき王の言葉を聞こうと、広場から伸びる道路まで人で埋め尽くされていた。

それは、愚王と言われた先代国王への失望の表れ。

絶望の淵《ふち》に立たされる人類種《イマニティ》が一縷の希望にすがる表れ。

エルフの間者を——魔法を正面からねじ伏せたという兄妹にそれを見出《みいだ》す表れ。

全人類の、期待のこもった視線が集中する城のベランダに——。

歩み出る二つの人影。

それは、一組の男女だった。

『I♥人類』と書かれたTシャツにジーパンの。

目の下にクマのある黒髪の青年。

雪を思わせるほど白く長い髪に、白い肌。

宝石の如《ごと》く赤い瞳《ひとみ》のセーラー服の少女。

二人の冠が、それぞれ王と、女王であることを物語る。

——が。

青年は、女性用の王冠《ティアラ》を無理矢理《むりやり》ねじ曲げ腕章のように腕に巻きつけ。

少女もまた、男性用の冠で長い髪を束ね前髪をあげているという——。

着替えの時のステフの悲鳴が、如実に想像出来る格好をしていた。

そのあまりにラフすぎる格好に。

呆然《ぼうぜん》とする国民を前に、青年——すなわち空《そら》が声を上げる。

「あー……んっ、んぅ～っ。えー、御機嫌よう」

「……にぃ、緊張、してる。めずらしい」

「——うっさい。群衆恐怖症はお互い様なの知ってんだろ。普段は抑えてんの」

そういう兄の手を、民衆から見えないように、そっと白《しろ》が握る。

いつもそうだったように——これからもそうだと言うように。

無言で。じゃあ今も抑えて、というように。

「………」

妹の意思を汲《く》んだように、緊張の解けた顔で、兄が声を張り上げる。

「——敬愛する国民——いや、〝人類種同胞《イマニティ》〟諸君！」

拡声器が取り付けられたベランダの手すり。

だがそれを必要ないと思わせる毅然《きぜん》とした声で、力強く叫ぶ。

「我々人類種《イマニティ》は……『十の盟約』のもと、戦争のないこの世界において負け続け、最後の国家・最後の都市を残すのみとなっているが——何故だッ！」

唐突に質問を投げかけられた大衆は戸惑う。

——先王の失策——魔法が使えないから。

各自の答えを待って、空《そら》は続ける。

「先王が失敗したからか？　我々が十六位《さいかい》の種族だからか？　魔法を使えないからか？　最も劣等な種族だからか？　我々は無力に滅ぶ運命にあるからかっ!?　——否だッ！」

強い否定の声が空気を、そして大衆を震わせる。

拳《こぶし》を握り、感情を隠すこと無く空はなおも叫ぶ。

「かつて、古《いにしえ》の神々の大戦において、神々が、魔族が――森精種《エルフ》が、獣人種《ワービースト》が、多くの種族が争う中、我々は戦い、そして生き残ったっ！　かつてはこの大陸全土をすら、人類の国家が占めていたのは、ならば何故だッ！」

この数日、ステフの図書館で読みあさった歴史を根拠に。

空は問いかける。

「我らが暴力を得意とする種族だからかっ！　戦いに特化した種族だからか!?」

聴衆の誰《だれ》もが、互いに見合わせる。

「森精種《エルフ》のような多彩な魔法を使えず、獣人種《ワービースト》のような身体能力もなく、天翼種《フリューゲル》のように長大な寿命もない――そんな我々が、かつてこの大陸を支配したのは我らが戦いに特化していたからか？――断じて否だっ!!」

そう、誰でもわかる、明確な事実。そして疑問。

――ならば、何故？

「我らが戦い、生き残ったのは、我らが〝弱者〟だったからだ！」

「何時《いつ》の時代、何処《どこ》の世界でも、強者は牙を、弱者は知恵を磨く！　我らが何故《なぜ》、今追い詰められているか――それは『十の盟約』によって、強者が牙をもがれ知恵を磨くことを覚えたからに他《ほか》ならないッ！」

「我ら弱者の専売特許であったはずの、知略を、戦略を、戦術を、生き残るための力をッ！　強者が手にしたからだッ！　我らの武器《ちえ》は強者に奪われ同じ武器で強者を相手にした――それがこの惨状だッ！」

絶望的な状況を整理され、静まり返る広場。

集まった聴衆を落胆、絶望、不安などの感情が包む。

それを、ため息混じりに眺め回して、空《そら》が言う。

「――皆のもの答えよ、何故《なにゆえ》に頭を垂れるのか」

激昂し拳《こぶし》を振りかざしていた空が、一転、静かな声で語りかける。

「繰り返そう、我らは、弱者だ。そう、今もなお――かつてもそうだったように――」

誰《だれ》かがハッと何かに気づき。

それが伝播していくのを待って、空が再び叫ぶ。

「――そう……なにも変わってなどおらぬではないかッ！」

「強者が弱者《われら》を真似《まね》て振るう武器《ちえ》はその本領を発揮しないッ！　何故なら弱者《われら》の武器の本質にあるのは——卑屈なまでの弱さ故の、臆病さだからだッ！」

「……民衆の疑問を先回りし答えるように。

「臆病故に目を耳を、思考《ちえ》を磨き、生き残ることを『学んだ』それが我ら人類種《にんげん》だッ！」

……絶望から希望を見せていく。

「人類種《われら》に魔法は使えん。察知することすら出来ぬ——だが臆病故に我らには魔法から、逃がれる知恵も、見破る知恵もある！　我らに超常的な感覚はない。だが臆病故に『学習』と『経験』から生じる未来予知にすら到達しうる知恵を持っているッ！」

……希望だけを語る者は楽観主義者であり。

……絶望だけを語る者は悲観主義者だ。

「三度繰り返すッ！　我らは弱者だ、いつの世も、強者であることにあぐらをかいた者どもの喉を食いちぎってきた——誇り高き『弱者』だッ！」

……絶望の淵《ふち》に、暗闇《くらやみ》にあってなお。

「我と我が妹は、ここに二〇五代エルキア国王、女王として戴冠《たいかん》したことを宣言する」

……希望の篝火《かがりび》を灯《とも》す者だけが大衆をひきつける。

「我ら二人は、弱者として生き、弱者らしく戦い、そして弱者らしく強者を屠ることをここに宣言するッ！　かつてそうだったように——これからもそうであるようにッ！」

……故に人はその歩みを道標として見出《みいだ》し。

「認めよッ！　我ら、最弱の種族！」

「歴史は何度だって繰り返し——肥大した強者を食い潰《つぶ》す者に他ならぬッ！」

……かくして。

「誇れッ！　我らこそ人類種《さいじゃく》——我らこそ最も持たざる者ッ！　何も持って生まれぬ故に——何モノにもなれる——最弱《さいきょう》の種族であることをッ！」


……『王』が誕生する。


歓声——いや、咆哮《ほうこう》が。

広場を、天をも震わせる。

怒号にも、勝《か》ち鬨《どき》にも思えるその叫びは。

壇上の二人に対する期待によるものか。

それとも——追いつめられしもの達の牙を剥《む》く魂の叫びか。

その様子に空《そら》、妹と目を見合わせる。

……こくり、と。

妹が楽しそうな微笑で小さく頷《うなず》いたのを確認して、空は最後の演説を始める。

大きく腕を広げ、ワクワクした子供のように純粋な。

だが百戦練磨の策士にして、戦士のように不遜《ふそん》な。

天真爛漫《てんしんらんまん》にして傲慢《ごうまん》な笑みを湛《たた》えて空——新しき『人類の王』は言う。


「——さぁ、ゲームをはじめよう！」


「もう散々苦しんだろう。もう過剰に卑屈になったろう。もう飽きるほど辛酸もなめただろう……もう、十分だろう？　待たせたな、人類種同胞諸君《イマニティ》」

天空をも掌握しかねないと思わせる力強い手のひらが地平線に翳《かざ》され。

そして——握られる。


「今この瞬間！　我がエルキアは——全世界の全ての国に対して宣戦布告するッ！」

「反撃の狼煙《のろし》を上げろ！　我らの国境線、返して貰《もら》うぞ！」

I ♥ 人類

地を割る大歓声に包まれ。

退場した二人に、出迎えたステフが食ってかかる。

「あ、あ——あ、あなたっ！　な、なんてこと言うんですのよぉぉ!?」

「うぁ～どんだけ慌ててんだよステフ、引くわー」

「……ステフ、きもい……」

狂乱の体でわめき散らすステフに対して、理不尽にドン引きする兄妹。

だがステフはそれどころではない。

「これが落ち着いてられますかっ!?　戴冠《たいかん》式を済ませたばかりで内政も何もやってない今のエルキアに他国と渡り合う準備があるわけないでしょう！　国を滅ぼす気ですの!?」

頭を抱えて、このペテン師兄妹を信じた自分の愚かさを呪《のろ》うステフ。

が、そろそろ慣れてきたのか。

もはや堂に入った様子さえ窺える動作で、溜息《ためいき》ついて空《そら》が言う。

「はぁ……あのさ——人を疑うことを覚えろって言ったろ」

「——え？」

ピタリと動きを止めて、空に注視するステフ。

「森精種《エルフ》ども――エルヴン・ガルドだっけ？　が、クラミーを使ってサポートまでつけて乗っ取ろうとした国が、魔法も使えない只の人間に正面から破られたなんて思うか？」

「――ど、どういうことですの？」

「忘れたのか。俺《おれ》らは『他国の支援を受けた人間』だと思われてんだよ。少なくともクラミーを支援してた奴《やつ》はそう報告してるだろうし他の国もそう思ってることだろうよ」

兄の言葉に、補足するように続ける妹。

「……世界は、どこかの国の間者が、エルキアを支配した……と思ってる」

頷《うなず》いて更に兄が続ける。

「しかし、どの国かわからない。どの国の間者で、どの国の傀儡《かいらい》かわからない国が突然、全世界に宣戦布告したら、こう考えるよな――『エルキアを傀儡支配した何者かが攻勢に打って出る意思がある』――と」

「――――ぁ」

この世界において、勝負は仕掛けられた側がゲーム内容の決定権を有する。

つまり攻勢に出ることは極めて不利であるにもかかわらず、全世界への宣戦布告。

また、エルヴン・ガルドの間者を破った事実も踏まえると――

「森精種《エルフ》たちをも破る切り札を手に入れた国・種族が現れた、と警戒するよなぁ？」

「……だから」

「世界中が疑心暗鬼になるように」

「……あえて、宣戦布告、して」

「何もしない、ってことさ♪」

　笑ってそう言う兄妹に、絶句するステフ。


「『十の盟約』その五、ゲーム内容は、挑まれたほうが決定権を有する。宣戦布告された全《すべ》ての国は警戒してこっちか……いもしない背後の国の特定に動くだろう。世界中が精々こっちに探りを入れてる間に、探り返してスキを見つけて、地盤固めをするとしようさ」

　ニヤニヤと笑って言って、踵《きびす》を返す兄の背中に、ステフが問う。


「じゃ、じゃあ……領土を奪還するっていうのは……嘘《うそ》なんです、の？」

　少なからず残念に思っていることに、自分でも驚くステフ。

　それは空《そら》の演説に感化された一時的な攻撃性故か。

　それとも――

「――なぁステフ。妹とも相談して考えたんだ――元の世界に戻りたいか、って」

「――え」

「考えるまでもなかったよ。答えは『NO』だ——こんな楽しい世界捨てて、元の世界に戻るメリットが全く、ない」

「……とくに…しろたち、は」

「そーゆーこと。さて」

パンっと手を打って、空《そら》。

「俺《おれ》達は人類だ。人類種唯一《イマニティ》の国はここエルキア。そこがなくなるのを防ぐため、とりあえず王座につくことを目標としたわけだ——が？」

妹と兄。視線をあわせて、楽しそうに笑う。


「なあ、妹よ」

「……ん」

「敵は魔法を使い、超能力を使い。俺達は使えない。圧倒的不利、圧倒的ハンディキャップ、残る領土は都市たった一つ、状況は絶望的。だが『　』《くうはく》の名前に懸《か》けて、ただ一度の黒星も許されない——どう思うよ？」

表情の乏しい妹の顔に。子供らしい笑顔が浮かび、一言で答える。

「……さいこー」

「っだよな～♪」

そのやり取りを、文字通り異世界の――未知のナニかを見る目で眺めるステフ。

絶望的状況をわざわざ整理されて、飛び出す言葉が『最高』――？

まるで意味がわからないステフに、空が向き合う。


「で、さっきの質問だがな、ステフ」

「――は、はぃ？」

呆《ほう》けていたところを話しかけられ、思わず声が裏返る。

「国境線を取り返すって話。ハッキリ言うと、ありゃ嘘《うそ》だ」

「――え」

そう言ってケータイを取り出す空。

タスクスケジューラーを開き『王様になる』に、チェックを入れ。

新たな予定を入力する。すなわち――

「『最終目標』――とりあえず、世界制覇ってとこで☆」

「──なっ──!?」

国境線奪還──大陸奪還を飛び越して──世界征服と来た空《そら》の言葉と。

自分は一体一日何回驚かされればいいのかと、ステフは二重の意味で声を漏らす。

くるっと踵《きびす》を返す空に、ついていく白《しろ》。

一人置いて行かれる形になったステフが、キョドりながら慌てて追いかける。

「え、あ、あの、ほほ、本気なんですのっ!?」

「『空白』に一位以外は許されない。国盗《くにと》りギャンブルだろうが、なんだろうが、ゲーム

をやるからには目標は『頂点ただ一つ』──それが俺《おれ》らのルールだ」

「……こくっ」

──こと、ここに至って尚《なお》。

ステファニー・ドーラは、この兄妹をまだ過小評価していたことに気づかされる。

もしかしたら。

まさか。

本当に。

この二人は──

──人類を救う、『救世主』になり得るのか？

立ち去っていく空の背中を眺め、とくん、と高鳴る鼓動。
締め付けられる胸――だが、もはやそこに嫌悪感はなかった。
祖父の名誉を挽回し。
魔法を正面からねじ伏せ。
愛する国を――エルキアを救い。
その領土奪還までをも宣言し。
事実やってのけると思わせるだけのその背中を。
嫌う理由が。
ステファニー・ドーラには、ついに見つけられなくなった。

■■■

――エルキア王国、首都エルキア、中央区画一番地……。
つまり、エルキア王城、王の寝室。
一体何人一緒に寝る気なのかという広いベッドに突っ伏すのはエルキア国王。
数日前まで、ただのニートゲーム廃人だった男――空（十八歳童貞《どうてい》）。
「――狭いゲーム部屋から、ボロ宿、ステフの屋敷、そして王の寝室――か」
ブリも真っ青の出世っぷりに苦笑する空の手には一冊の本。

夜の闇の中、月明かりとほの暗い灯《あか》りが照らす本の題は——【十六種族《イクシード》の生態】。

その一ページに目を留め空《そら》は物思いに耽っていた。

「——天翼種《フリューゲル》……か。こいつら、仲間に引き込める気がするんだよな……」

本にはこう書かれていた——天翼種《フリューゲル》。

かつての大戦の折、神々の尖兵《せんぺい》として創《つく》られた空を駆ける戦闘種族。

『十の盟約』以後、その戦闘能力は事実上封じられたものの、その長大な寿命と高い魔法適性を生かし、天空を漂う巨大な幻想種《ファンタズマ》——『アヴァンドヘイズ』の背中に、文字通りの・・・天空都市を建造し、そこを唯一の領土とし、国盗《くにと》りギャンブルには参加していない。

だが、長大な寿命からか、強い知識欲を有し、世界中の種族から『知識』——すなわち本を集める為《ため》にのみゲームを行なっている——と。

「魔法に関する知識持ってそうだし、こっちには『異世界の知識』って餌《えさ》もあるし」

何とかこの種族と接触出来れば、魔法への対抗策も見えて来そうなものだが——


——コン、コン。


などと思考していると、控えめなノック音が響く。

デジャヴだろうか、数日前に似たようなことがあった気がしつつ、応じる空。

「はいはい、どちらさん？」

「ステファニー・ドーラです、ございます……入っても宜《よろ》しいです、でしょうか？」

「——あん？　どうぞ？」

重々しい王の寝室の扉を、かしこまった様子で開けて入るステフに空。

「つか、なにその口調と態度。普通に入って来ればいいじゃん」

「いえ……あの、冷静に考えたら、ソラ——様は今やエルキアの王で、御座い——」

「あーあーっ　かゆいっ！」

ステフの言葉を遮って叫ぶ空。

「かゆいし、めんどくせぇっ！　今まで通りでいいよ、で、なに？」

電気が発明されていない、エルキア。

王の寝室を照らすのはほの暗いロウソクのシャンデリアと、月明かりのみ。

そんな淡い光に照らされて、表情は窺えないステフが部屋の中央で、ただ佇《たたず》んでいる。

「その——ソラ……は」

「うん」

「貢いで貰う為に、私《わたくし》に『惚《ほ》れろ』と、命じたんですのよ、ね」

「え——あ～……」

「ソラが、エルキア国王になった今——もう私は、その……」

雲の切れ間から、一瞬月明かりがその光を強め、ステフの表情を顕《あらわ》にする。

——それは、不安。

「えっと……つまり、もう用済みだろうから、あの【盟約】を解除して欲しい、と？」

「ち、違っ　そうじゃないんですのっ」

——さすが、ゲームにかけては超一流でも、そこは十八歳童貞《どうてい》。

まったく見当はずれな読みに、慌てて訂正を入れるステフ。

「お、教えて——欲しい……んですの。ど、どうして、その、妹さんが言ったように——『所有物になれ』でなく、『惚《ほ》れろ』と要求したのか……を」

「……えっと……」

それは、下心からであり。

つまり空《そら》の低俗な願望からであり、つまりミスであり。

それを素直に言うべきか、思案する空に。

しかしさらに想定外の問いが振りかかる。

「その——私《わたくし》を惚れさせたのは……その、私に、そういう感情があったから、ですの？」

……………え？

「も、もしそうなら……その、私——もう、貢げるものは……」

そして、ベッドに歩み寄って、不安げなしかし真っ赤な顔で。

スカートを——たくし上げて、懇願するように、言う。
「もうこれくらいしか、ないです、けど——」
——待て。
——待て、空・童貞十八歳。
今、見逃せない問題を指摘されたぞ。
なるほど……ステフは客観的に見ても、かなりの美少女だ。
その美少女に好かれたいとは健全な男子ならナチュラルに思うことだろう。
だが——惚れさせて、どうしたかった？
——一目惚《ひとめぼ》れ？
いや、それはどうだろう。
胸のうちに問うてみるが、ステフに対して恋愛感情があるかというと——
いや——そもそも。
（あれ——？　恋愛感情って、どんな感情だ？）
——と、非モテの限界に突き当たった空に。
「……それは……です、ね……」

パシャリ、と。

フラッシュと共に音を鳴らして。

ベッドの奥からにょきっと、出てきたのは——ケータイ片手の、白《しろ》。

「ひ、ひゃぁあああっ！」

白が同室にいたことに、慌ててスカートをおろして後ろに下がるステフ。

——だが、それが当たり前のことと、気づくべきだった。

宿での一件を思い出せば——空が一人でいるわけがないだろう。

「……どーてーの…限界に……なやめる、にぃにかわって——しろが、説明」

「白さん……十一歳の妹にそー言われると、兄ちゃん地味にダメージあるんですが」

だがそんな兄の抗議を無視して、白がたった今撮影した写真。

ステフのスカートたくしあげからのパンモロ写真を見せて。

「……これ」

「——へ？」

「……にぃが、ステフに……惚《ほ》れろ…って、言った、理由」

わけがわからない顔のステフに——ついでに空《そら》まで。

そんな二人にわかるように、白が端的に説明する。

「……にぃ、元の世界に……一つ、だけ、心残り……ある」

——すなわち

「……この世界、には——『おかず』が……ない」

「「——はい？」」

疑問の声を上げたのは、ステフと空の二人。

ただし、その意味は違う。

空は、その端的すぎる指摘への抗議で。

そしてステフは——

「おかず……？　って、なんですの？」

という、純朴な疑問。ケータイを操作しつつ、白が応《こた》える。

「……自慰する、時……想像するもの……写真・映像なども……含む。……自慰行為をする際に利用する……それらの……事柄を『オカズ』——という……」

「じー……こうい？」

まだわからない様子のステフに、白、無表情のまま。

手をゆったりと握り——上下に振る。

「————なっ————」

ボンッと音が聞こえそうな勢いで顔を赤らめるステフに、更に白。

ケータイで、動画を再生させ、見せる。

——それは、ステフが白《しろ》の髪を洗っている、二人の・お・風・呂・シ・ー・ン・の・動・画。

「……これが……ステフの……『存在意義』」

赤くなった顔が、青ざめ、そして俯《うつむ》いて震えだす。

——つまり、誰でもいい、と。

——ただの、性・欲・の・は・け・口・が・欲・し・い・だ・け・だ、と。

——しかも妹の裸でも、その、そういうことをしている、とっ!?

「さ——最っっっ低〰〰〰〰〰ですわぁぁあああっ！」

叫んで、部屋を飛び出すステフを——呆然《ぼうぜん》と見送る空《そら》。

そして、無関心そうにベッド脇に戻って読書を再開する白に、問う。

「——なぁ、俺《おれ》、そこまでエグいこと考えてないぞ？」

「……要訳、した……」

「超訳の間違いだろ……しかもさっきの、風呂《ふろ》の動画だよな？『コレはアウト』って俺・に・も・見・せ・て・ね・ぇ・だろおまえ——ひょっとして、わざとステフに俺を嫌わせてね？」

「……しろ、十一さい……むずかしいはなし、わから、ない」

「都合の悪い時だけ子供に戻るよなおまえ……」

「……さっきの、写真、いらない……の？」

「あ、すいません監督。いただきます」

――しかし。

実際――恋愛感情と、性欲の違いとはなんだろうか。

などと、十八歳童貞《どうてい》には荷が重い哲学的思案に耽《ふけ》る空に。

聞こえないよう小さい声で、白が――血の繋がらない妹が、呟《つぶや》く。

「……あと、七年……だから……」

――精神的な熟成は女性のほうが早いというが。

やはり……少なくともこの場に限れば、それは揺らがない事実だった。

――…………。


「あああもおお、あ――も――っ」

一方、肩を怒らせて城の廊下を歩きながらステフ。

ただのオナペット呼ばわりされたことに――ではなく。

そう言われたことに傷ついている自分に、イラついて叫び散らす。

「あぁぁもうやっぱりこんな感情、錯覚、盟約のせい――呪《のろ》いの類ですわっ！」

――だがステフは気づかない。

「あんな猿！　ロリコン！　好きになるはずないですわっやっぱり盟約のせいですわっ」

――空《そら》が『盟約の解除』――つまり。

再度ゲームをして『惚《ほ》れるな』と言う解決法を申し出ていた事実を。

完全に無視し、あまつさえ忘れていることに。

それが意味することにも――。

エピローグ

――エルキア王城、謁見の間。

一つしかない玉座に二人で座って、ＤＳＰでゲームする二人がいた。

黒髪の女性用の王冠《ティアラ》を腕に巻きつけた、『I♥人類』Ｔシャツとジーンズの青年。

白い肌と長い髪、男性用の王冠で髪をまとめた、赤い瞳《ひとみ》と黒いセーラー服の少女。

何を隠そう――この国の王――空と、女王――白《しろ》、その二人《きょうだい》である。

「だーからさぁ、裸縛りでやってんのに罠《わな》ハメはねぇだろ」

「……効率、優先」

「効率なら裸縛りでやる意味ねーじゃん、ガチンコでやろうぜガチンコ！」

「……時間、かかるだけ、おもしろく、ない」

「ソレを言ったら終わりだろ……じゃあ別のゲームしようぜ？」

この世界に持ち込んだ大量のゲーム。

だがそれは全《すべ》て、文字通り極めたゲームばかりであり。

つまるところ退屈しのぎにもなるか怪しいわけだが。

そうして退屈しのぎをするには、理由があった。それは――

「き、着替えましたわ……」

聞こえてきた声に、二人共迷わずDSPをスリープにし、ケータイを取り出す。

現れたのは、気品を感じる顔立ち、赤い髪の美少女——ただし。

過剰ではない程度に——あざとすぎない程度に露出の多いメイド服に身を纏《まと》って。

ステファニー・ドーラ……先王の血筋にあり、元王族で——今は……。


顔を真っ赤にして現れたステフに、しかし空《そら》が言う。

「ん？　顔を赤くするほどの露出か？」

「……下着、はかせて、ない……」

「わ、わざわざ言わないでくれますっ!?」

そう叫ぶステフ。


——そう。今二人の王は、十八禁の境目を模索しており。

『そのほうが、にぃ、喜ぶ』の一言で、白《しろ》の言葉にも逆らえないと知ったステフは。

さながら愛の奴隷——いや、もはや二人のただのオモチャだろうと。

自虐気味に天井を仰いでいた。

「ああ、二次元画像である、明らかにはいてない演出か」

「……ん……でも、物足りない、ね」

I♥人類

「ですね監督。二次元みたいにストップモーションとは行かないですしそう都合よくは」

「……はだけさせ、る？」

「んー、ステフ。乳首とか具とか見えないように、適度にはだけられる？」

「具とか言うなあああああああああああっ！」

「……で、ポロリ」

「ノー。はいてないでそれはアウトです監督」

「……だい、じょーぶ……こんなことも、あろうかと——絆創膏《ばんそうこう》、はってある」

「ぬ……ぬぅ……？　い、いや……え？　アウト、だと思うぞ？」

「……じゃ、面積の小さい、水着も……アウト？」

「——た、たしかに。ですが監督、それでは全裸でも絆創膏貼《は》ればアリになります」

「……む……全年齢、難しい」

——と、玉座に背中を預けて、空《そら》が小さな声で呟《つぶや》く。

「しっかし思ったんだけど、いくらギリギリな格好させて動画とっても、実際ヌけないん
じゃむしろ溜《た》まっていく一方だよなぁ……」

だが耳ざとくそれを聞きとめた白《しろ》が言う。

「……しろ……気にしない、どうぞ」

「兄ちゃんな？　露出趣味はないんだわ」

「……見ない、から……大丈夫……家でも、そうしてた」

「ん？　いや、待て待て、おまえが寝てるタイミングを見てしてたぞ？」

「……ゴソゴソしてれば……起きる」

「おっま——いつも起きてたのかッ⁉」

顔を覆って真っ赤になる空。

「やだ——ッ　アタシもうお嫁にいけない——ッ！」

「……しろが貰《もら》う、大丈夫」

その肩をぽんぽんと叩《たた》いて妹が慰める。

「そ・れ・で——」

「嫁に行けないなら、こんな格好させられる私《わたくし》はどうするんですのよっ！」

一方で肩を震わせてステフが叫び、そして続けてキレ気味に言う。

「というか、私一人に戴冠《たいかん》手続き・引継ぎ作業を任せて、三日徹夜させといて、呼び出した用件がコレとか、いいご身分ですわよね！」

「……しろ達、王様……王様……いい身分」

もっともな事を言う白に、さらりと空が続ける。

「三日徹夜なら俺《おれ》らもしてるぞ。あと二日くらい余裕だろ」

「そっちはゲームで、でしょう⁉」

「そ、ゲーム。この世界の、王様の仕事」

「ぐっ……」

そう――ゲームで全《すべ》てが――国境線さえ決まるこの世界において。

ゲームに強いことは王の条件であり、それは鍛錬と呼ばれてもいいものだった。

「やー。ゲームしてるだけで仕事務まるとか、天国だよなここは」

理想郷《シャングリラ》を見つけたとばかりに、幸せそうに言う空《そら》に、ステフが叫ぶ。

「務まらないですわよ！　ちゃんと内政もしなさいなっ！」


「ん……引継ぎ済ませたのか？」

「ええ、たったさっき、呼び出される前にっ！」

「それを待ってたんだよ。シヴィでも内政は一気にやりたいタイプなんでな」

言って白《しろ》を脇にどけて、玉座から立ち上がる空。

「じゃ――各大臣を呼んでくれる？」

■■■

大議堂に集められた各大臣を前に。
空と白が壇上に上がり――。

だがあらゆる報告を遮って、まず言う。

「最初に言っておくことがある」

全員の顔を見回して、空が——人類の王が、改めて言い含める。

「皆も知っての通り、今人類種《イマニティ》は窮地に立たされている。攻勢に打って出る以上、背後を気にしている余裕はない。ここで後顧の憂いを断つため——ジャンケンを行う」

広げた手を頭上に翳《かざ》して。

注目する大臣たちに、高らかに言い放つ。

「賭《か》けるのは『以後、一切の虚偽報告、また、情報の選択的・恣意的《しいてき》伝達も嘘《うそ》とみなしこの一切を禁止する』旨……【盟約に誓って】ゲームを行いわざと負けて貰い契約とする」

盟約に記された『絶対遵守』のルールを、八百長として逆手にとる。

——何故《なぜ》その程度のことも思いつかなかったのか不思議だと言う顔で、空は言う。

「では皆、我々の双肩に人類の命運がかかっていることを肝に銘じ、ジャンケンを行おう——俺《おれ》はチョキ、全員パーを出し、わざと負け忠誠の証とせよ。なお、我々兄妹の観察力、記憶力を侮って八百長を受け入れず契約を拒否する者は、今の内に退出を勧める」

——と、予《あらかじ》め負けたフリをして盟約に逆らう者に牽制《けんせい》をかけてから、空は高らかに——

「【盟約に誓って《アッシェンテ》】」

『――【盟約に誓って《アッシェンテ》】！』

響く契約の言葉に、ジャンケンは行われ。

かくして――契約は交わされる。


「……ではまず農産大臣――報告を」

「は――我が国の食料は現在、極めて深刻な状況にあります」

農業形態、その管理法、税金などの分配の説明を受け。

全《すべ》てを聞き終えた空《そら》は、こくりと頷《うなず》き。

「把握した……では今から伝えることを実践せよ」

「……は」

「農産に関しては――輪栽式農業を導入する」

「――と、言いますと？」

「圃場《ほじょう》を一つにし、小麦などの冬穀→カブ・てんさいなどの根葉類→大麦・ライ麦などの夏穀→クローバーなどの地力を回復する性質を持つ牧草と、ローテーションを組んで耕作しろ。穀類の作付は減少するが、根葉類やマメ科植物の作付が増加する。特にカブなどの栽培を導入することで、飼料不足が解決され、冬季の家畜飼育が可能になる。家畜の堆肥《たいひ》と牧草による地力回復により、休耕地を廃することも可能だ」

スラスラと、当たり前のことのように。

その場の誰《だれ》もが耳を疑うほど画期的な案を提示する王に、絶句する他なかった。

さらに——。

「なお、その為《ため》には集中した労働力と、分散されている耕作地を特定の地域に密集させることがポイントとなる。結果として失業する小・中農家が発生すると思われるが、食料の生産性は四倍以上に向上する。最優先でとりかかれ」

と、結果生じるであろう問題まで指摘する。

「よ、予算はどうしましょう」

「銀行に対して国債を発行して買わせる——が、その件については経済大臣に任せろ」

「——ぎょ、御意に」

「次、この政策による失業をカバーする必要がある。経済大臣、工業大臣、報告を——」


——……。


そうして。

あらゆる問題を抜本改革する方法を、矢継ぎ早に提案していく王に。

たった四時間の会議が終わる頃《ころ》には。

大臣達をして『人・類・史・最・高・の・賢・王』と囁《ささや》かれるまでになっていた。

……手元のタブレットPCを弄《もてあそ》びながら、空《そら》が言う。

「やー、クイズゲームの勉強用にバカみたいに専門書入れといて正解だったな」

タブPCの中には——四万冊を超える専門書が入っていた。

数学・化学・天文学・物理学・工学に医学、歴史書から戦術書。

某ウィキ先生の全データを抽出・保存したものまで——即《すなわ》ち二十一世紀初頭の人類が有する知識の大部分が入っていた。

「……にぃ、やっぱり、ズル……それ、チート」

いつもの半眼でそう指摘する白《しろ》に、しかし眉《まゆ》をひそめる空。

「魔法なんつー、公式チートがある世界で、多少異世界の技術を伝来させた程度でチーター呼ばわりはやめてくれません？　それに内政の安定は急務だろ」

……とはいえ、あまり未来技術《オーバーテクノロジー》を導入すると想定外のしわ寄せが発生する。

正直『電気工学』は早いとこ伝来させたいところではあるのだが……。

「カメラやマイクが作れるだけで、いくらか魔法に対抗できるだろうしなぁ」

アンテナの立たないケータイ二つだけという現状はなんとも心許《こころもと》ない。

やはりここは天翼種《フリューゲル》とコンタクトを取る方法を——

——と、大議堂にはだけたメイド服のまましずしず現れるステフ。

つまり──白と空がさせて、放置したその格好のまま。

「………ソラ──じゃない。へ、陛下……お客様ですわ」

「──おまえ、そのカッコで接客したのか。勇者だな」

「……ステフ、すごい」

「着替えていいならいいって言いなさいなぁあっ！　ウワァァアンっ！」

泣いて絶叫するステフの声に耳を塞《ふさ》ぎ、手を振る空。

「あーはいはいごめん、じゃあ早く服を正せ。ったく、国の品性が問われるわ」

「問われるのはあなたの頭の中身ですわよ！」

が、ステフの案内を待つことなく、大議堂に声が響く。

「あははは、中々楽しいことになってるみたいだね」

空と白、ステフ、そして大臣達が居揃った大議堂に。

コツ、コツ、と──歩いて、入ってくる少年。

その顔に、空と白は見覚えがあった。

見紛《みまが》うはずもない。

あの時──パソコンから手を伸ばして──二人を、この世界に連れ込んだ──

「……よお、自称神様じゃん。どったの？」

「やだなぁ。自称じゃなくて、紛れも無く神様なんだけど」

たはは、と頭をかいて、少年が言う。

「そういや名乗ってなかったかな――」


「――『テト』……それが僕の名前。よろしく『　　』《くうはく》さん」


ぞうッ――――と。

少年《テト》が名乗った瞬間、空間の雰囲気が変わった。

神の御名が持つ影響力なのか。

白《しろ》と空《そら》、二人を除いた全員の毛穴が開き、ぶわっと汗が噴き出す。

大臣達は血の気が引いた顔で、ステフは今にもくずおれそうに体を震わせていた。

だが、そんな一同を気に留める様子もなく。

「どうかな、僕の世界。気に入ってくれたかな？」

「ああ、いいセンスしてるよ。うちの傍観主義者《かみさま》に爪《つめ》の垢煎《あかせん》じて飲ませてやりたいぜ」

「……こくこく」

そう、軽口を叩《たた》く空と白に。

その場の全員が心臓を握りつぶされるような気分を味わう。

——眼の前にいるのは唯一神——『テト』なのだ。

気まぐれ一つで世界を消し、作りなおす権限さえ持っているモノなのだ。

だが、当の神様《テト》は全く気にしてないように笑顔で。

「それは何より。さて……とりあえず人類種《イマニティ》存亡の危機は回避出来たみたいだね」

「ああ、お望みどおりにな」

皆が、え？　という顔をする。

「たまたま一番近くにあった街が、たまたま人類の最後の国で、たまたま国王決定戦を行ってた……なんて。まさか偶然なんて野暮《やぼ》なこと、言わないっしょ？」

そう不敵に言う空に、神は気分よく笑って言う。

「あはは……でも勘違いしないで。僕も基本傍観主義だよ、特定の種族に肩入れはしない——ただまあ、今回はちょっと、私情が入ったことは認めてもいいかな」

少年——神《テト》は。

ふてくされたように、退屈そうに床を蹴《け》って、言う。

「僕の言葉覚えてるかなぁ……〝全てがゲームで決まる世界〟——って」

——ああ、と。その言葉の意図を汲《く》んで、空が先回りして言う。

「……なるほど。唯一神の座さえ、ゲームで決まるってことか」

――と、感心した様子の白《しろ》を除いた、その場にいる全《すべ》ての人間が絶句する。

「――なっ――」

そして唯一、テトは楽しそうに笑って、言う。

「正解♪　わざわざ【十六種族《イクシード》】に設定したの、そのためだったのにさ」

ふと――空《そら》の頭の中で全てがつながる。

十六種族《イクシード》――地平線の向こうのチェス盤――あそこに住んでいるという神。

チェスの片側の持ちゴマは――十六個。つまり。

「……全種族を制覇するのが、おまえ――つまり『神への挑戦権』か」

機嫌よく笑って、テトが答える。

「いいねーその頭の回転。異世界から来たばかりとは思えない順応性だよ」

「そりゃどーも♪」

「その通り。でもせっかく『神の座を賭《か》けて』勝負出来ると思ったら、もう何千年も暇で暇でしょうがないんだよね。で、異世界をぶらついてたら君達『　《くうはく》』の噂《うわさ》を聞いた」

楽しそうに、興味深そうに、空と白を見やって、神は言う。

「あらゆるゲームで必ず頂点をとる、都市伝説化すらしていたゲーマーの噂を、ね」

そう笑って言う神様に、空が不敵に言う。

「なあ神様さ、笑っていいの？」

「うん？」

「俺達《おれたち》を知った上でこの世界に呼んだ。それは――〝あらゆるゲームで頂点に立つ〟のが
俺ら――『　　《くうはく》』のポリシーだってのを、知ってのことだよな？」

「うん、もちろん」

そして、不敵に笑い返して、神様は言う。

「だからこそ。君達はきっと――僕への挑戦権を獲得しに来る、と踏んだ」

その場の全員が凍りつく。

それは――世界最大の国――序列第七位の森精種《エルフ》はもとより。

序列第一位の、神霊種《オールドデウス》や幻想種《ファンタズマ》にすら、弓引くということであり。

即《すなわ》ち――【十六種族《イクシード》】を制圧、支配する、という意味で。

それはもはや、世界征服などというレベルで収めて良い話ではなく――

「……なぁ、もう一度聞くぞ神様。笑っていいの？」

「おまえ、一度俺らに負けてんの忘れてね？」

——そして今度こそ、その場の全員が耳を疑った。

——神が、負けた？

——ここにいる、ただの人間に？

だがテトは軽く笑い返す。

「ふふ、既に十分理解してるだろうけど、この世界における〝ゲーム〟は、君達の世界でのネットチェスと次元が違うよ？　確かに僕は、君等兄妹に『普通のチェス』では負けた——だからこそ、ここに呼んだ。だけど……次は負けないよ？」

と、空《そら》と白《しろ》。兄妹二人して、何かを理解したようで。

お互いに顔を見合って、笑った。

「——神様さ」

だが神様——親しげに答える。

「テトでいいよ。なぁに？」

「じゃあテトさ——おまえ、負けたことなかっただろ」

その一言に。

不敵に笑みを細めるテト。

「遊戯の神が──はじめて負けた。それが悔しくて、悔しくてたまらなくて。それで俺《おれ》らをこっちの世界に呼んだ──〝次はこっちのルールで〟勝つ為《ため》に。違うか？」

「ふふ……面白いね。どうしてそう思う？」

表面上は笑みを崩さず、テトが問う。

「その気持ち、俺らにはよーくわかるからだよ。『　《くうはく》』に、黒星はない──だが、俺ら互い相手には、何度も負け合ってんだわ」

「……でも、勝ち逃げは、許さない」

「その結果、生粋の天才である妹はゲームそのものに特化」

「……にぃは、汚い手ばかり……うまく、なった」

「おい、汚い手って言うなよ。駆け引きだってゲームだろ」

「……イカサマは、卑怯《ひきよう》」

「バレなきゃいいんだよ！　こっちの世界でもそうなってるだろ⁉」

その兄妹のやり取りに。

気持よく大笑いするテトに、兄妹以外の全員が身をすくませる。

「あっははははは。うん、やっぱり君達を呼んで正解だった。そう勝ち逃げはさせない。次は僕が勝つ──君達を呼んだのは、そんな理由だよ。がっかりさせたかな？」

「いいや？　むしろ人類を救え、とかご高尚な理由じゃなくて安心したくらいだ。それで、今日はそんなことを言いにわざわざご降臨されたのか、暇な神様は」

「いいや、礼を言おうと来たんだよ」

「君達が——人類種《イマニティ》が間接的とは言えエルヴン・ガルドを下したことで、君達の目論見《もくろみ》通り世界は疑心暗鬼に陥った。——東部連合は君達が見せた『ケータイ』が気になるみたいで、どこの国の差し金か気になって夜も眠れないみたい。どうしてかなぁ？　同じく好奇心の塊であるアヴァンドヘイズは、エルヴン・ガルドを破った技術に興味津々みたいだよ。当のエルヴン・ガルドも、自分達を負かした技術を有する国の特定を急いでる。正面からイカサマ無しで突破されたと知れたら——はは、君達を解剖しかねないね彼らなら」

と——ご丁寧に情報提供してくれるテトに、訝《いぶか》しげに空《そら》。

「特定の種族に肩入れしない、じゃなかったのか？」

「うん、だから、コレはお礼だよ。退屈だったこの世界に、熱を取り戻してくれたお礼に情報提供をする。コレが最初で最後だから、有意義に生かしてね」

そう笑って、振り返ること無く一歩、後ろに下がるテト。

「それじゃ、僕がいつまでもここにいると、皆、気が休まらないみたいだから、そろそろお暇《いとま》するねぇ。バイバイ♪」

そういって立ち去ろうとする神様に、空と白《しろ》が声をかける。

「おいテト」

「うん？」

「生まれ直させてくれて感謝するぜ。確かに——ここが俺《おれ》らのいるべき世界だ」

「……ありがとう、かみさま」

そして、今度は三人、声を揃《そろ》えて言う。

「「……また、近いうちに。——今度は、チェス盤で」」

——そして、空気に溶けこむように、テトは消える。

ようやく呼吸を許された、とでも言うように一気に空気を吐き出す一同。

——こんな噂をきいたことがあるだろうか。

「ふぅ……おもしれー神様だこと」

「……また、ゲーム……したい」

──あらゆるゲームランキングに不倒の記録を打ち立て一位を総ナメにしたゲーマー。

──そのゲーマーは、ある日を境に、こつ然と姿を消し。

──加速した『都市伝説』は──やがて『神話』となった。


「あ、あ、あの方が──ゆ、ゆ、唯一神様、ですの⁉」

「お、王よ！　か、神を下されたというのはまことですか！」

「いや、それより東部連合が動き出すのはマズイ、今の我々には──」

「それよりエルヴン・ガルドだろう！　王と女王個人を狙われたら──」


──さて、その世界では途絶えて神話となったおはなし……。

──『ディスボード』と呼ばれる世界へと舞台を移した、その続きを。


「あーあーうるせぇぇ！　一斉に喋《しゃべ》るなって！」

「……にぃ」

「ああ、わかってるよ──」

居並ぶ全員に対して。

超然と壇上に上がり。

中央のテーブルに跨《また》がって、腕を広げ、空《そら》が言った。

――さしあたり、定型文であり。
――また様式美でもある、こんな書き出しではじめてみるとしよう。
――『昔々――』と。

「さぁ――ゲームをはじめよう。目標は、打倒神様ってとこで♪」

――さて、最も新しき神話を今、語るとしよう。

【完】

●あとがき

っく～～～っこれこれっ！

一度書いてみたかったこの——〝あとがき〟っ！

初めまして、いつも〝挿絵を描いてる側〟だったんで、この著者側のあとがきってのを、いつか書いてみたく、本日ついに実現出来ました——著者兼イラストの、榎宮祐《かみやゆう》です。

えーと僕、本職は漫画家でして。あ、はい、うん、休載……してますね……。

ちょっと面倒な病気を患《わずら》って負担が大きい漫画執筆を休筆してまして。

しかも『いつか天魔の黒ウサギ』（ファンタジア文庫）のおかげで漫画家としてより、イラストレーターとしての認知度のほうが高い気も……あげく小説にまで手を出して、一体僕の本職って……。

ま、まあ、漫画『も』描いてるのですっ！

で、この『ノーゲーム・ノーライフ』という小説デビュー作品。

元は漫画用に作った原作です。

それも自分で描くためではなく、提供——つまり原作者として作りました。

作画を担当する予定だった方の要望で、

「ファンタジーものは好きだけど、バトルは嫌だ！」

と、バトル漫画を描く~~めんどくさ~~大変さを知る身としてその要望を叶《かな》えるべくッ！

「じゃ、いっそバトル〝出来ない〟ファンタジー世界！」という思いつきと。
僕が寝てる時間と仕事してる時間以外、全《すべ》てを捧《ささ》げてる「ゲーム」を組み合わせ！
『国境線すらゲームで決まる世界――国盗りギャンブル！』

という逆転の発想と、趣味全開で作ってみたものだったりします。
ま～、残念ながらその企画は実現しなかったのですが。
いつか形にしたいなぁと思い、プロットと設定書を残していたわけです。
と、そこへ来て厄介な体調不良により、漫画を休筆せざるを得なくなり。
病院でスーパー暇ジングだったしゲーム持ち込み禁止だったし、これはもう――

――神は言っている……ここで休筆する《しぬ》さだめではない、と。

……え、古くないでしょ。まだ行けるって諦《あきら》めんなよ。
そ、そういうわけで、病床に伏せてる間にプロットを、小説用に大幅《いちばんいいの》に変えて。
今こうして形に――あ、そういえば担当さんが――
「あとがきで買うか決める人いるからアピっとけ」とか言ってたっけ。
じゃぁ――こんな感じでどうでしょうかっ！

——人類は、使えない
人類種がこの世界で生き残るには……
こうするしかないのよ……
クラミー？？？？
絶望的ハンディキャップ、最悪の状況——だが
人類をナメんな……
兄——空
１８歳/無職童貞/ニート
全米が震えたっ！
ほく
ほく
”アンチバトル・ゲームバトルファンタジー”！
〆切当日
作者——榎宮祐
バカ/変態/〆切恐怖症
貴方《さくしゃ》はこの衝撃《しめきり》の連続に耐えられるか

と――こんな感じの本編です（迫真）
ハリウッド映画ばりの予告詐欺の可能性もありますが？
あとがきから読んで頂いてる方、真偽のほどを確かめる為《ため》にもご一読頂ければ♪
最後に読んでる方は――えーと。うん、まあ。
コミカライズするくらい売れたら自分で描くフラグと思って笑って許して――

「榎宮《かみや》さん榎宮さん」

――え？　あ、はいなんですか担当Sさん。

「コミカライズ先に打診しましょうか。榎宮さん漫画家としての実績もありますし――」

あはは、すみません、その件については電話が遠くて聞こえないです。

「というか『体調不良で漫画描けないから負担の少ない小説を書いてみたい』って言ってらしたのに、結局巻末でその漫画を描いて、いったいどうしたいんですか？」


あんたが描けつったんだろーがぁっ！

「え、僕『著者と挿絵が同一人物で漫画家もやってる前例はほぼないからそれを上手《うま》く使ってアピールしてください』ってお願いしただけですよ？」

――そこから『漫画描け』以外の意図を汲《く》み取れと？

「明言はしてないですよ？」

ふーむ。

担当さんのキャラが一瞬、主人公達とカブって見えました。

ステファニーの憎悪、もっと強調すべきだったかもしれません☆

と、そうだ。

今回は、**同月発売**の鏡貴也《かがみたかや》先生著。

『いつか天魔の黒ウサギ』十巻「校庭で笑う魔女」の挿絵もやりましたっ！

そちらも超力入れたんで、是が非でもと書いて是非！


……ふぅ、さて、これを書いてる現在。

まだ全《すべ》て終わってはいません。

っていうか、今――ブラジルにいます。。

前ページでも触れた〝体調の都合〟で、母国に一時帰国しております。

というか、この『ノーゲーム・ノーライフ』の本文・挿絵。

そして前記のいつ天新刊の絵も、ほとんどここ、ブラジルで描きました。

――液晶タブレットとPCが入った大量の梱包材を詰めたデカいトランク。

「渡航目的は？」

病気の治療です。

「この大量の機材は？」

仕事用です。

……まあ、税関で一悶着あったのは想像に難くないでしょう。


――な、嘘《うそ》みたいだろ。病人なんだぜ、俺《これ》。

世界の裏で治療しながら、二社から原稿催促されてるってどんな状況なの。

「お言葉ですが榎宮《かみや》さん」

はい？　なんですか担当ドSさん。

「いや僕は割とM――富士見さんもMF《うち》もちゃんとスケジュール確認しましたよ？」

頷いた記憶がないんですよ！

「いや、そういわれましても……」

だいたいですね、大晦日のコミケ前日っつー師走の師も走りすぎてラストスパートかけてるあたりで電話でスケジュール聞かれたら適当に応対したくもなるでしょっ！

「いや、あの、それは榎宮さんが悪――」

担当SさんのドSっぷりはともかく。

ふ、さすが鏡貴也《かがみたかや》先生の前担当・キャサリンの後継者よな……絶対あれ奇襲ですよ。こちらの心神喪失状態を狙って――……


さてっと……この辺でいいですか？

「――えと、なんのことでしょう」

引・き・伸・ば・し❤

「えぇ～と……電波が遠いようですね、ちょっと聞こえな――」

いやーページ数調節の為《ため》に八頁も本文をダイエットさせて、日本に帰国する当日になって「**モノクロ挿絵十頁分を換算するの忘れてました**」と言い放ったのはどなたでしたっけ。

「……それ、なかったことに出来ません？」

校正でここ削ったら呟きますよ？❤

「この度は私、担当Sの大ポカによりお手間をかけさせ、あまつさえ解決を著者様であらせられる榎宮様に任せるという失態・不始末、平にご容赦願いたく存じあげいたし候」

――よし、オトナに一矢報いることが出来たところで！

また次巻で、お会い出来ることを願ってます、それではっ！


「あ、そうだ。榎宮さん、二巻の原稿っていつ上がります？　あれ、榎宮さん、もしもーし

次巻——
ついに他種族との直接対戦——っ！
十六種族《イクシード》序列第6位
天翼種《フリューゲル》

十六種族《イクシード》 序列第14位
獣人種《ワービースト》
「アヴァント・ヘイム」と「東部連合」
2つの大国相手に、ただの人間である
「　」《くうはく》の無敗記録は、続くのか——？
『ノーゲーム・ノーライフ2』
——枯れ葉が落ちきる前には出ます

「私の毒をあなたに入れる。
決して離れられなくなるように」
──でも、最低な俺は
何もかもを忘れていた

MF文庫J

ノーゲーム・ノーライフ1
ゲーマー兄妹がファンタジー世界を征服するそうです

発行	2012年4月30日 初版第一刷発行
著者	榎宮祐
発行人	三坂泰二
発行所	株式会社 メディアファクトリー 〒150-0002 東京都渋谷区渋谷3-3-5
印刷・製本	株式会社廣済堂

Printed in Japan ISBN 978-4-8401-4546-6 C0193

【 ファンレター、作品のご感想をお待ちしています 】

あて先:〒150-0002 東京都渋谷区渋谷3-3-5 NBF渋谷イースト
株式会社メディアファクトリーMF文庫 J 編集部気付
「榎宮祐先生」係

★スマートフォンにも対応しております(一部対応していない機種もございます)。
★お答えいただいた方全員に、この書籍で使用している画像の無料待ち受けをプレゼント!
★サイトにアクセスする際や、登録・メール送信時にかかる通信費はご負担ください。
★中学生以下の方は、保護者の方の了承を得てから回答してください。

二次元バーコードまたはURLより本書に関するアンケートにご協力ください。

http://mfe.jp/fzv/